U01088138

台灣客家人新論

讓傳統文化立足世界舞台

——《協和台灣叢刊》發行人序

林經甫 敬仲

這是一種相當難得且奇特的經驗，四十歲之前，許多人常會問我的，總是一些生理與醫療方面的問題；四十歲之後，我最常思考的卻是文化方面的問題。

如此南轅北轍的改變，最主要的原因，應該是來自我的經驗法則：跟每一位成長在戰後的一代相彷，自童年長至青年，無論是家庭、學校或者是整個社會給我的壓力，只是讀書、考試，考試、讀書；而我一直也沒讓人失望，唸完醫學院後，順利負笈英國，接著又在日本拿到博士學位，先後在美國及台灣擔任過許多人欽羨的婦產科醫生，也正因此，讓我有太多機會在世界各地認識不同的友人。然而，這樣的機會卻總讓我感到自卑，這自卑並非來自專業知識，而是每每交換及不同的文化經驗時，少數識得台灣的友人，也僅知道這個海島擁有七百億的外匯存底而已。

這個殘酷的事實，逼著我不得不慎重的思考：什麼樣的文化，才足以代表台灣？

●

一九八三年間，我結束了在美的醫療工作，

回台全力投注於協和婦幼醫院的經管，由於業務的需要，常有機會到日本去，有一次在橫濱的一家古董店裡，發覺了十幾尊傳統布袋戲偶，讓我突然勾起兒時在台南勝利戲院，坐在長排椅的椅背上看內台布袋戲的情景；不久後，在大阪天理大學附設的博物館，看到那尊清乾隆年間的戲神田都元師以及古色古香的「六角棚」戲台，還有那些皮影、傀儡、木雕、銀器、刺繡與原住民族的工藝品，讓我產生極大的感動，忍不住當場流下眼淚。

我的感動來自於那些代表先民智慧與工藝水平的器物之美；忍不住掉下的眼淚，則是因為這些製作精巧，具有歷史意義又代表傳統文化精華的東西，在這外邦受到最慎重的收藏與保護，但在當時的台灣，除了某些唯利是圖的古董商外，根本乏人理會！

除了感動，同時也讓我感受到日本文化侵略的危機，這種危機感也許可溯自大學三年級的暑假，我參加基督教醫療協會，到信義、仁愛、望洋等山地部落，從事公共衛生的醫療服務時，便深刻體會到日治時期對台灣山地的積極教育，讓日本文化、語言以及民族性都紮下不錯的根基，其深厚的程度甚至令人驚駭，只是當時的情況，個人並無力改變什麼。及至一九八〇年前後，我結束學業，回到台灣後，第一件事便是找到彰化教育學院的郭惠二教授，試圖回到山地，經管一個模範村的計劃，結果模範村計劃因故流產，而那次再回山地，讓我不敢置信的是，由於電視進入山區，使得原住民族的文化幾近完全流失，少數保存下來的，卻是日治時期的文化遺產。

這是多麼可怕的文化侵略啊！難道連日本人走了，都還能予取予求地用區區的金錢，換取我們最珍貴的傳統文化？

如此揉合著感動、迷惑又驚駭的心情，讓我在東京坐立難安，隔天，便毫不考慮地到橫濱那家古董店買回店中所有的布袋戲偶，同時又透過種種關係，買回「哈哈笑」劇團最早那個被台灣古董商騙賣到日本的戲棚。

那絕不只是一時的衝動而已，我很清楚地告訴自己，只要在能力範圍之內，將盡可能地尋回這些流落在外的文化財產；這些年來，雖沒有明確的收藏計劃，但只要是有價值的東西，我都不肯放棄，至今，也才稍可談得上規模。

●

嚴格說來，我是個典型受西式教育的人，加上長年在國外的關係，讓我對藝術或者文化，都懷有較深且闊的世界觀。

最早我在英國唸書的時候，便跑遍了歐洲重要的美術館，後來每次出國，只要有機會，決不會錯過任何一個可觀的現代藝術館。

除了參觀與欣賞，我也嚐試著收藏一些美術的東西，收藏的目的，除因個人的喜好，當然也因為美好的藝術品也是不分國界的！

也許有人會認為，在這傳統與現代之間，必有無法調和的衝突之處，我又如何面對呢？其實，我從不認為這兩者之間會有相互矛盾或衝突之處，任何一種藝術品都有其共通之美，而其中蘊含的不同文化特色，正足代表那個民族的特殊之處，傳統的彩繪與現代美術作品，正是兩類截然不同的作品，正因其不同，我們才能在彩繪中，體認先民的精神與生活狀態，它的價值，除了美之外，更在於它所蘊含的特殊文化表徵。當然，時代的快速進步之下，傳統的美術、工藝與文化，面臨了難以持續的大難題，導致這個問題的因素頗多，例如政府政策的不當、教育的偏頗以及社會的畸型發展，讓戰後的台灣人擁有最好的知識教育，卻完全缺乏生活教育，終造成今天這個以金錢論成敗，從不考慮精神生活的社會型態。

過去，也有許多的專家學者，對這個病態的社會提出不少頗有見地的意見，但我一直認為，任何一個正常的社會，必要擁有正常的文化。台灣光復以來，政府當局全力追求經濟建設的成長，卻不顧文化水平一直在原地踏步，直到近幾年，有關單位似乎也較積極地從事文化建設；只是，當中共的廣東省政府，花了兩億美元整修一座五落大厝，成為一座古色古香的廣東地方博物館時，台灣的左營舊城門才剛剛被毀，半毀的麻豆林家也被拆遷，這樣的文化建設又怎能談得上什麼成績呢？

在這種種難題與僵局之下，要重振傳統文化，重新獲得現代人的肯定，甚至立足在世界的舞台上，就不能光靠政府的政策與態度，而是我們每個人都有責任付出關心與努力，用現代化的方法與現代人的觀點，提昇傳統文化的品質，再締造本土文化的光輝。

●

從開始收藏第一尊布袋戲偶起，彷彿便註定我將走上這條寂寞卻不會後悔的文化之路。

過去那麼多年前，只是默默地收藏一些珍貴的文化財產，我當然知道，光如此是不夠的，但直到今天，時機稍稍成熟，才敢進行下一步的計劃。這個計劃，大概可分為三個部份：一是成立出版社，二為創立臺原藝術文化基金會，三則創設臺原傳統戲曲文物館。

臺原出版社成立的目的有二：一是專業台灣風土叢刊的出版，這是一套持續性的計劃，計劃每年分三季出書，每季同時出版五種台灣風土文化的叢書，類別包括：民俗、戲曲、音樂、歷史、工藝、文物、雜俎、原住民族等大類，每本書都將採最精美的設計與印刷，用最通俗的筆法，喚醒正在迷茫與游離中的朋友，讓更多的朋友重新認識本土文化的可貴與迷人之處。我深信，只要持之以恆，所有努力的成績不僅將獲得關愛本土人士的肯定，更將贏得國際間的重視；二為出版基金會的專刊，臺原藝術文化基金會成立之後，將有計劃地整理台灣的傳統藝術之美，諸如戲曲之美、偶戲造型以至於建築、彩繪之美……等等。

至於基金會與博物館的創立，則是我最大的目標，這兩個計劃其實是一體的，博物館只是基金會的附屬單位，主要的功用在於展示基金會所收藏的文物與美術品；至於基金會本身，除了推廣與發展本土文化，定期舉辦各種研習營與表演、演講，更將策劃舉辦各種世界性的文物交流展，目的除了讓國人有機會打開更廣闊的視野外，更重要的是讓本土文化立足在世界的舞台上。

讓本土文化立足在世界的舞台上，不僅是臺原藝術文化基金會與出版社努力的目標，更是每個關愛本土文化人士最大的期望，不是嗎？唯有如此，才能重拾我們失落已久的自尊！

（本文獲選入《一九八九年海峽散文選》）

邁向客家新境界

——客協三周年獻禮

又是在選舉的戰鼓聲頻催中，我們迎來了一年一度的會慶——客協三周年了！

一連三年的選舉，都有「關鍵性選戰」的說法，這次縣市長選舉，更被渲染成是在朝在野易位的驚天動地時刻。執筆寫這篇蕪文的當口，恰逢有關方面公告投票日期，選戰序幕於焉揭開，而各地早已硝煙四起，顯見這次又是一場轟轟烈烈的熾熱戰役。特別是本會舉行三周年慶祝大會的日子，選在短兵相接的投票前兩個禮拜，雖然事屬巧合，卻也令人覺得冥冥之中似有莫名的力量在支配著，使我們在歡度會慶的喜悅當中，不由不懍然於世變日亟的狀況下，本會所應承擔的使命。

民主化、本土化，是這幾年來兩千萬台灣居民所追求的目標，也是我們所信守不渝的共識。在這種認知下，再回頭過來重閱本會的宗旨：「超越任何黨派，以結合國內外客家人，爭取客家權益，延續客家文化、語言，推展公共事務，並與各語系族羣共同為台灣前途而努力」。不錯，我們的終極目標，可以說就是和大家一起來為台灣的前途打拼，因而益覺我們責任的既重且大。

鍾肇政

然則本會三年來是否盡了本會的任務乃至責任呢？我們雖然有著滿腔的自我期許及熱忱，但是本會畢竟還只是個小型的民運團體，在不願意擴大組織的認知下，會員人數自始即保持著適中的數目，我們更矢志以刻苦、自主、奉獻的精神推展運動，故而人力物力都極為有限，然而我們仍然能夠昂然宣佈：我們已做了不少的活動，足堪引為自慰。例如下鄉演講會（已更名為「新客家人演講會」）及夏令營、冬令營等，舉辦地點遍及全國各客家庄；而本會鼓勵及資助而成立的大學客家社團已達十一所之多。其他如組團赴美訪問、辦音樂會等，幾乎已成了本會例行活動。我們不敢妄自菲薄，我們確實已做了不少事，盡了我們的本分。

這些，說起來可算是階段性的任務，我們除了還需要繼續做的，例如演講會及大學社團的成立等，我們仍會加強推動之外，次一階段的活動也在積極策劃，有的已經開始著手了。譬如文化講座第一個系列〈客家語言之探討〉，共有六場，從一九九三年九月末起，每兩周一場，一直要綿延到該年十二月份始畢，然後是第二個系列，第三個系列……大型的客家學研討會也已進入緊鑼密鼓階段，只待擇期隆重揭幕。

對這一次的縣市長選舉，我們也一如往常，不願袖手旁觀。不，豈啻不願袖手，我們要更進一步，凝聚我們客家菁英的力量主動出擊——網羅本會部份成員及客家界有心人士，組成「新客家助選團」，並作如下的嚴肅聲明：

當此二千萬台灣人民齊心一志為追求民主化、本土化而戮力以赴之際，基於客家人亦為「台灣的主人」的信念，爰特組成「新客家助選團」，隆重誓師出擊，以盡台灣人的一份責任。

本團願意為認同本土、追求民主、以二千萬人民的福祉為首要之務的候選人盡一份棉薄之力，並此鄭重宣告：我們認定四十年來的賄選、腐敗文化，以及新近出現的賣台集團，為所有台灣人的公敵，讓我們齊聲向它們宣戰！

憶三年來本會所為種種，總覺得成效一時難以顯現，因而有時不免有乏力感無端興起。但是，我們也知道，台灣社會過去因外來政權種種乖謬施政，台灣社會積弊之深莫與倫比，客家人也彷彿處在夾縫中欲振乏力，族羣尊嚴迄今仍未見提昇，有待我們大家更加努力奮鬥。特別是本會諸多工作、活動，率皆由少數幹部支撐，南征北討，有時難免有疲於奔命之苦。當然，這也還是一種常態，工作同仁無怨無悔且任勞任怨。最希望的是所有會員同仁能夠多多參與，也多多關心，讓本會所有成員能成為一體，為我們的理想而打拚。

差可告慰的是本會的第一個分會六堆分會，月前已正式宣告成立，成員五十餘人，均為高屏六堆地區的客家有識之士。三年來本會北重南輕的遺憾將可獲致紓解。今後當能南北呼應，互相提攜，共同來推展會務，則我們的力量必更趨堅強。

值此本會三周年慶，本會以《台灣客家人新論》一書，做為呈給本會會員及廣大讀者的獻禮。猶記一九九二年周年慶時，我們出版了《新个客家人》一書，普獲一般讀者好評。台灣社會近年來瞬息萬變，「新客家」的觀念自然也不可不有所調整。我們的步子跨得更大了，眼光也掃得更遠更寬，但萬變不離其宗，客家人仍然不脫硬頸本色，而當此全體台灣人邁向族羣諧和、追求民主之際，更無缺席之理。本書《台灣客家人新論》也就是本會同仁以及若干友好兩年來對此新命題所提出的闡釋，內容是多方位的，探索則務求深入，凡關心客家問題、客家運動的有心之士，必可因本書立論之精闢而獲致若干啓示，並加強我們的信心。

以本會前任秘書長劉還月為首的編輯小組，幾個月來為本書編務而忙，使我們深感於心，而慨允將本書付梓的臺原出版社林經甫先生，更令我們衷心感激，謹此虔致最深切的謝意！

——一九九三年十月鍾肇政識於九龍書室

台灣客家人新論

台灣客家公共事務協會／主編

輯一／客家人新論

目錄

輯二／客家文學

輯三／山歌與風土

目錄

1／客家人新論

台灣「命運列車」的邊緣角色

——兼談台灣的客家族羣

■李喬

在追求台灣全體居民的幸福前途上，
客家人不得以任何理由，
跟其它族羣搞「分離主義」。
台灣各族羣都在「命運列車」上，
休戚與共，生死一體，
這是不爭事實……

如果把台灣居民的生存狀態，比喻作掛上多節車廂的列車，那麼國府支配者就是帶有發動機的車頭，各族羣、各弱勢團體便是「攜有輔助動力」的各車廂，我們都在此「命運列車」上。

所謂台灣的「命運列車」非持台灣V.S中國的位階與立場而言。「命運列車」的認定與指述的客體是一種「過程」，亦即進行中的「行動體」，所以不可能加以「定型」而完全掌握。這樣看來，我們的「命運列車」是以台灣為主體的指述；認定在台灣現今時空條件下，有關文化的反省與創造，人間正義公理的追求，真正現代國家的建立，生態和諧的努力等——的整體性整合性行動。攜有輔助動力的列車各車廂是「邊緣角色」。

此處用「邊緣」來指稱角色，並非嚴肅的社會學或人類學術語，祇是常識層次的，非主力、主導者，乃位於周邊位置，看來動力較弱小者。（案：專學術語各有嚴格界說，用在這裡——台灣的「命運列車」中位置的角色意義並不完全切合。）其次，今天台灣的「車頭」，它是外造的威權體制，其車頭位置（中心）非經真正民主程序建造的；就文化意義說，它是拼裝的雜牌貨色——「製造的文化中心」，或謂之「虛構的文化中心」。然則此處所稱「邊緣角色」——攜有輔助動力的車廂，是跟車頭隱含不同體質和理想，而又宿命地被安置在同一運行軌道上的各部分。這些「各部分」，其存在意義不是由「車頭中心」賦予或決定。在運行中彼此有本身的存在意義。

對於車頭（中心）如此釐清其本質是必須的。因為唯有這樣，我們各車廂「邊緣角色」存在的正面意義才得以顯現；「命運列車」前行的理想——新文化、現代國家等總目標的追求，我們「邊緣角色」才能夠發揮推動力補車頭動力之不足，而匡「車頭」方向之偏差錯誤。容進一步說明：

縱觀有關台灣的事務狀況，勿論內外，近年來的形勢越來越呈現「歷史所未曾有」的發展；既有的經驗或學理論說，除參考對比外，很少能夠作為航程上的方向指針。這輛「命運列車」的車頭——台灣的威權支配者，實際上已然油枯力竭難以前進，方向迷失而逡巡遲疑！實際情況是：

㈠如果未來走向兩岸「統一」，顯然「那種統一」決非「目前」中共或國府所預擬或理想的統一。

㈡如果未來走向「台灣獨立於中共之外」，顯然「那種獨立」並非「目前」一般獨派人士想像或預計的獨立。

㈢台灣的邊際資本主義走向，越來越呈現惡質化而無能阻遏。

㈣官商權錢互濟形成的新威權體制，風雷隱隱莫之能禦。彼不崩潰，台灣社會的重重難題將更深重銳化；一旦崩潰，台灣社會又難以承受其爆炸力。

㈤中產階級的形成、壯大，以及其應有擔當，在台灣似乎長在「難產」之中。

㈥族羣問題始終存在，而且必然越演越烈，可是始終被故意忽略。

㈦勿論是文化的、民族的、國家的——認同上，台灣有其特殊情境與特殊結構。台灣「割裂的認同」病態，迄今並無消解之道。

㈧國府的「虛擬國家觀」，使台灣「命運列車」內部混亂、涉外癱瘓而動彈不得；中共的「名可換質不變」的併吞立場不移，於是慢慢侵蝕、風化台灣，台灣無以抗拒。

由上述種種情況看來，「命運列車」已然陷入完全不確定、不可知的形勢中。這是台灣整體的情狀；這是台灣威權支配者的窮窘境況。然則此情狀境況，卻給予邊緣角色：

㈠輔助動力不得不發動而展現邊緣角色力量的機會。

㈡車頭宰制壓力減弱，「各車廂」因而更能夠呈現主體性。

㈢萌生強力的使命感——或協助，或糾正「列車」的前進運動方向，實際上上古周朝、中古隋唐、南北朝、晉朝、那「車頭中心」與「車廂」之間，是可以調換位置的。

至於「邊緣角色」所堅持者為何？簡略言之，可條列為三原則：

㈠堅持各族羣、弱勢團體理想的主體性格。

㈡堅持由下而上，由地方而中央的建構程序。

㈢堅持「我羣意識」為Nation的基礎、根本；其方式是：由社區意識而「地方意識」，進而建構民族、國家意識。這是現代國家的創造行程（案：由此發展下來的「地方意識」，一方面可抗拒中心的不合理宰制；二方面可對抗地方原有權力分贓下的「山頭主義」。）

當然這樣發展出來，最後建構的國家（中心）仍有可能成為新階級——新的宰制中心。不過那是另一「運動過程」的情況了，現階段不予預設。

以下就本人所屬「客家族羣」立場，觀察其位置、困難，以及可能的發展策略。

台灣的客家人，雖然號稱台灣第二大族羣，其實是「虛像」。其一，由於種族血緣、居住位置，以及語言的相似性，客家人不能如原住民那樣保持族羣的純粹性。其二，官北語系人與福佬語系人分佔政經資源的大部分，於是客族不斷隱身（不敢自承客家人）、走失（因婚嫁外族而改變認同）。所以客家人已然是台灣真正的弱勢族羣。弱勢族羣的性格、處境均可用以描述之。至於其發展困難如下：

㈠事實上客家人所擁有的財產、土地、權力……較小較少，所以懷有強烈被壓迫感。

㈡本身族性美德不斷消失。大部分客家人懷有自卑情結。

㈢難以阻遏有心人誘導分化——被政黨利用，統獨分割。

㈣據於「漢文化特性」的延續，台灣的強勢族羣的沙文宰制傾向，客族成為首當其衝者。

㈤和台灣其他各族羣一樣，有文化、民族、國家三層次的認同危機。

據於以上的理解，客家人在台灣社會的身分，進而在「命運列車」中的角色，應如何建立？原則如下：

㈠堅持作為台灣社會（或國家）主人的身分，台灣各族羣的主體性地位一律平等。客家族羣「不低也不高」。理應以平等身分而爭，而有所主張；非以不同或弱小為理由。

㈡客家人應該先求「客家認同」，然後才是「台灣認同」；這個順序之確立，之於文化意義與現代國家建構都是正面而必要的。（強勢族羣，似乎不必強調族羣認同？）

㈢弱勢族羣生存發展之道，唯有追求真正民主制度、法治社會的建立一途；任何依附強權，或運用對峙中的夾縫圖利，甚或出賣同族求榮，凡此必然步上毀滅一途。

㈣積極投入「命運列車」的各項事務，站在改造行動的第一線，不可置身度外，不得觀望。

㈤在追求台灣全體居民的幸福前途上，客家人不得以任何理由，跟其他族羣搞「分離主義」。台灣各族羣都在「命運列車」之上，休

●客家人應該先求「客家認同」，再求「台灣認同」。（劉還月／攝影。）

戚與共，生死一體。這是不爭事實。

㈥台灣各族羣間和諧與否，影響「命運列車」的安全與進程至巨且深。然則依據客家人種性、語言、處境等條件，似可扮演各族羣間「接合劑」的角色：⑴予原住民更多的理解、協助，⑵予一九四五年後來台官北語系人更多的溫暖、鼓勵，⑶與福佬語系人更密切合作，但要予以適度的制衡。這是艱難且易陷於失誤的任務，卻是十分重要的。客家人懷身世、思處境、望前程、度能量之餘理應不得不勉力以赴。

總之，台灣的「命運列車」正處於歷史所未曾有的巨大變局的關鍵時地上，唯三百萬年前的「造山運動」，台灣島嶼浮現於太平洋之濱可比；未來以文化改造、創造為根本的種種追求，是否得遂所願？今日我們的抉擇與努力是關鍵。台灣各族羣、團體已然形成命運共同體，而我們的「命運列車」走得搖搖晃晃，非常危險，卻正是邊緣角色——備有輔助動力的各「車廂」發揮力量的時候。這是一個行動的時代，又是適於羣體呈現的時代。在這個風雨潮流中，智識份子或有大用，唯就個別說，卻難免書空咄咄、十分無力。我們的建議是，回到自己的族羣去，或投身弱勢團體裡，就邊緣位置，以所屬的平等一份子身分思考、行動、戰鬥。如此個人生命意義，一定能夠完全而美麗地釋放，這「命運列車」的富於創造性行程，便能轟轟然往前推進！

作者簡介：

李喬／一九三四年生，任中小學教師二十八年，現已退休，專業寫作，已出版長短篇小說二十餘部，近日從事本土文化思考工作。現任苗栗縣公共事務協會會長、公投會苗栗縣分會前會長、台灣客家公共事務協會理事。

客家人與台灣政治

——客家人未來在台灣的角色扮演

■李永熾

參與才能獲得尊重。
以客家文化直接參與台灣文化的創造，
客家文化才能得到應有的重視，
否則只是孤芳自賞；
如果客家人也是台灣人，
就應該跟福佬人和原住民及
外省人一起思考台灣的前途……

客家人是台灣人民的一份子，但在台灣卻常常扮演隱形人的身分。在白色恐怖時代，客家人隱遁於福佬人身後，自居少數，又自外於台灣，以免受國民黨政府恐怖的鞭子掃及，這種心境，我們應可領會；但客家人因自外於台灣，在身分上又以中原人自居，以致有形無形間常被國民黨用來牽制福佬人，福佬人遂以異樣眼光看客家人，客家人更覺不爽。就在這種惡性循環下，客家人與福佬人的心結總是難以解除，當然要解除這種心結必須雙方都有一個共同的媒介體，那就是台灣這個共同的空間。

在統獨論述中，許多客家人都偏向統，知識越高者越是如此。據說，其所持的理由是，台灣一旦獨立，客家人勢必淪為少數，永遠淪為被統治者，而無法出頭天，因而有意從客家人眾多的中國尋求解脫，但客家人在中國依然是少數，如果台灣被統過去，是否就能出頭天，也在未定之數。事實上，所謂出頭天，不應以做官為論述基礎，應以生活在台灣的人能否過著自由平等而富社會正義的生活為要件。如果傾心向統，我們就要考慮，如果台灣統一大陸，客家人能改變居於少數的現實嗎？如果大陸統一了台灣，我們客家人就可以改變現實，成為多數嗎？為了國民黨一時的分化作用與一些福佬人看不慣當官的客家人所產生的敵視心態，客家人就要展現疏離台灣的事大主義嗎？

不錯，在歷史上，客家人中出了造反的洪秀全和孫中山，我們常引以為榮。不過，他們的偉大乃在於他們勇敢地站出來反抗剝削人民的專制者，而他們的最大毛病則在於沒有克服內在的權力欲望，一個想做皇帝，一個沒有真正體現民主的要義。在現實上，客家人也喜歡談論鄧小平、李光耀、李登輝或吳伯雄，因為他們都是客家人，就像姓李的喜歡談李鵬、李光耀、李登輝一樣。其實鄧小平是個時時刻刻想併吞台灣，完成中國統一大夢的人，對台灣人民毫無情意；李光耀是個獨裁者，對台灣的民主化自然不關心，支持台灣和中國統一，卻不願新加坡統一於中國。李登輝雖有意推動台灣的民主化，卻在國民黨非主流派的杯葛下力有未逮，而吳伯雄似乎傾向於非主流派，當然在朝的許多福佬人也權力薰心，甚少為台灣主權有所著力。

引矮鄧等人為榮，就某一層面而言，充分顯示客家人權力傾向相當濃厚，所以對矮鄧等人的作為便不予置評，這不是追求民主化所當為的。追求民主化，不是要坐權力的轎子，而是要時時省察權力者的作為，觀察他們是不是真切為實際的台灣做事，更要不拘族羣時時物色真能為台灣人民謀幸福的未來政治人物。

我們客家人在現階段應該勇於反省。四十多年來，我們除了在國民黨「以客制福」的政策下取得一些在朝權力之外，在追求民主的反對運動中是不是缺席了？在五、六〇年代的白色恐怖時期，有多少客家人挺身出來參加反對運動？在人口比例上，是不是不成比例？在八〇年代的台獨運動中，客家人豈非只因為怕獨立後受到壓迫，就寧願缺席？參與獨立運動或統一運動，應是九〇年代生活在台灣的人必須思考、進行選擇的課題。如果客家人也是台灣人，就應該跟福佬人和原住民及外省人一起思考台灣的前途。

我們必須思考，獨立對台灣的民主比較有益，還是統一比較有益？更要思考在維持現狀下真能避免中共的武力侵略（如果不願被中共統治的話）？還是有益於既得利益者的繼續剝削？如果認為維持現狀，依然不能避免中共的侵略，而只有選擇比較有益於民主的獨立路線的話，客家人就必須參與，與其他族羣團結在一起，共同抵抗中共的侵略。郝柏村說，台灣人民都在同一條船上，但他看重的是做為權力者的船長，我們卻重視這條船上的所有人，船的航向應該由船上的人共同決定，不是由船長一人決定。既要大家共同決定航向，客家人就不能不參與，否則以後不管被帶向何方，客家人都怨不得別人。

參與才能獲得尊重。以客家文化直接參與台灣文化的創造，客家文化才能得到應有的重視，否則只是孤芳自賞。客家文化跟客家人直接參與台灣的公共事務也有密切關聯，因為客家人本身即含有客家文化的素質。以此素質參與公共事務一方面可讓其他族羣的人了解客家人的心性，一方面也意謂與其他族羣共同創造台灣歷史，台灣歷史自然包含了客家的因素。

●新客家人，與其到中原尋根，不如在台灣定根。（劉還月／攝影）

此外，多一個客家人獲得社會的敬重，客家人也無形中在社會上多了一份資產。鍾肇政先生、李喬先生就是最好的例子。外省籍的張忠棟教授、陳師孟教授、賁馨儀議員不是也獲得台灣人民無比的敬重嗎？他們無形中解除了許多人對外省人的敵意。

偏向既有的權力容易，走向共創新局的反對運動艱難，然而即使艱難，只要有益於台灣社會，客家人也應積極參與，不能在歷史的創造中缺席。總之，從隱形人積極轉化為顯性人，應是客家人當前最重要的課題；而具有與其他族羣攜手共創歷史的意志，才是鍾肇政先生所說的「新客家人」——與其到中原尋根，不如在台灣定根。

作者簡介：

李永熾／一九三九年生，台中人，台灣大學歷史研究所畢業，現任台大歷史系教授。著有《福澤渝吉社會思想研究》、《日本史》、《日本近代史研究》、《日本近代思想論集》、《歷史的跫音》、《從江戶到東京》、《世紀末的思想與社會》、《徒然集》等。

發揚新義民精神

——高雄一〇二五遊行後的省思

■鍾肇政

無分福客或先來後到，
基本上兩千萬居民的命運是一致的，
共同來抵禦外敵，
重建我們的美麗之島，
這才是我們全體的要務，
我以爲這該就是新的義民精神……

一九九一年的「一〇二五高雄市大遊行」以愛與非暴力為執行原則，警民雙方都能克制自我，終究以理性、和平收場，樹立了一次民運典範，委實是可喜可賀的事。我們有信心地預卜，如果將來還會有大型街頭運動，應當可以以這次高雄四萬人大遊行為楷模，以廣大羣眾的力量提出訴求，即使是不同意這個訴求的冷眼旁觀的街頭行人，也能夠以欣賞一次「鬧熱」的心情看待，這應該也是真正民主時代的理想之一吧。

北部遊行，我已參加過幾次，高雄遊行則一因路遠，再因受到工作繁忙的羈絆，未能南下參與，私心頗引為遺憾，也因此多分些時間來細看次日報上的報導。在上述的欣慰心情下，我突然發現到一則並非在顯著地位的報導，標題曰：「聖火長跑起點，聲名鵲起；義民廟將成政治聖地!?」內容略謂：「這次公投會決定選（高雄市）義民廟為政治訴求據點，曾事先向該廟管理委員會商借，結果因政治事件事涉敏感而未獲同意，公投會乃以廟旁道路為據點，依預定進行台灣進入聯合國聖火長跑起跑點……」（一九九一年十月廿六日《民眾日報》第四版）

義民信仰是台灣客家鄉親的主要民間宗教信仰，不但由來已久，且根深蒂固。公投會之所以選擇這個地點，該報導稱係因當地人口多、交通方便、廟前廣場大，與客族人士的信仰自然無任何關係。然而，身為客族一份子，我卻對正如標題所揭示的一句話「義民廟將成民主聖地!?」深感興趣。

歷史上，福佬、客家之間確實有過芥蒂，誤會也頗深，甚至反目成仇的情形也不是沒有過，然而互相融合、協力抵禦外敵乃至從事開墾等等的事蹟，史書上不勝枚舉。即以所謂「義民」的起源，倘若吾人願意略加探索，即使是淺嚐即止的方式也好，不難明瞭它絕非緣自純粹的依附官方，與起義者作對的行動。

撇開所謂的「歷史解釋權」不提，林爽文軍中有為數不少的客家子弟兵，其中如杜君英其人，甚至還是林軍中驍勇善戰的一員大將。再看響應清朝而組織起來與林軍對抗的，也同樣是福客雜處，並肩作戰。義民廟總本山所在地的新竹縣新埔一帶客家子弟兵犧牲慘重，乃是因為他們為了保衛家園，千里迢迢南下去作戰赴死的。而林軍之最後歸於失敗，福客子弟兵之協同作戰以守衛家園，居功不少是不用說的，然而林軍的內訌，恐亦為主要原因之一，末了竟還演變成為南部地區大規模的慘烈分類械鬥，兩敗俱傷！

我們每讀史冊而到了這一段，總難禁掩卷太息，為之欷歔良久難能自己……

決定寫此短文之前，筆者特電新埔義民廟總本山的管理人林光華先生，請教有關高雄市義民廟種種。承告高市的義民廟確實由總廟分靈成立的，也同樣是高雄市該地區客裔的信仰中心。不過他們絕大多數都已不諳母語，成了「福佬客」，唯信心虔篤，則一仍其舊。另者，台灣各地福佬庄也頗不乏義民廟，其中雖也有客籍先民所建者，但是福佬鄉親所蓋的也有多所，足證義民信仰，恐怕也不是客家人的專利。

以上，嘮嘮叨叨地敘述了這些歷史陳跡，想表明的不外是福客原本系出同源，若融洽合作，凡事恆能收事半功倍之效，反之則往往功敗垂成，這也正是歷史所教給我們的。如果我們再加引伸，那麼「外鬥外行、內鬥內行」的台灣人自古以來的習氣便也隨之而浮現。時至今日，面對斑斑史跡，我們又豈能不懍然心驚於這樣的習氣「自古已然，於今為烈」的事實!?

今日何日，我們不是面臨環伺在我們週遭的可怕敵人嗎？

公投會之選高市義民廟做為「聖火長跑起跑點」，固然一如報導上所言，乃由於地理環境之方便，但我卻依稀覺得冥冥中似有某種力量在牽引。我願意稱之為「新義民精神」，它要我們精誠合作，革除傳統惡劣習氣，共同來面對我們的敵人——不管這敵人是有形的、存在的，抑或無形的、內在的。譬如我們要追求民主、自由，我們要驅逐社會上的不公不義；又譬如我們還要清除高度污染，還我美麗之島的本來姣潔面目。還有，文化沙漠、貪婪之島……這一切，也無非都是我們必須面臨的敵人啊。當然，最大的是時時不忘恫嚇我們，聲聲句句表明要武力來侵犯者。

發揚新的義民精神，此其時矣！

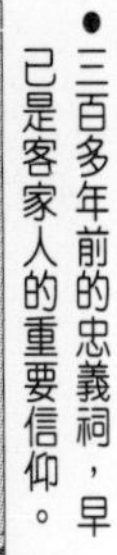

●三百多年前的忠義祠，早已是客家人的重要信仰。

●三百多年前義民祠祭祀盛況。

我願意斗膽在此提出呼籲，歷史的歸歷史，往昔已矣。在業經現代化、多元化、複雜化的我們這塊美麗的故土上，無分福客或先來後到，基本上兩千萬居民的命運是一致的。共同來抵禦外敵，重建我們的美麗之島，這才是我們全體的要務。我以為這該就是新的義民精神。

前舉新埔義民廟管理人林光華先生還告訴我，該廟地處鄉間，政治色彩較淡，但他們早有共識：宗教應該是對政治中立的，無分在朝在野，在他們眼中都一律平等。他們還有一些為改造遭受到種種污染的文化、學術、民心、環境等等病象的計畫，以求還我美麗之島的遠大計畫，例如文化類型的基金會、義民大學、義民醫院等等。我深信義民廟總本山有此能力、魄力。倘若分佈於全島的數十所義民廟能同心合作，更可能形成台灣社會的一支龐大的民間力量。而當我在這一番想望之中，再加上高雄市的義民廟可能成為港都的政治聖地時，信心就更增了。

讓我們大家來發揚新的義民精神！

作者簡介：

鍾肇政／桃園縣龍潭人，一九二五年生，講四縣腔。為著名鄉土作家，代表作有《台灣人三部曲》、《濁流三部曲》、《怒濤》等，多為蜚聲海內外之皇皇巨帙，並曾獲台美獎、吳三連獎等多種文學獎。現任台灣客協理事長。

看不見的族羣

——只能做隱忍維生的弱勢人民嗎？

■羅肇錦

都會裡以說福佬話和北京話爲主，
所以在都會的客家人，
完全沒有自己的聲音，
有的甚至怕人知道自己是客家人，
所以在都會裡，
縱然有客家人，
但是你看不見。

據一般估計（難以統計），全世界至少有五千萬以上的客家人，相當於一個義大利的人口（一九八四年統計有五千七百萬人），也相當於十四個以色列的人口（一九八四年統計四百二十五萬）。然而，這麼龐大的族羣，在世界各地，在中國各地，在台灣各縣市生活著，卻很少引人注意到你身邊的這個人就是客家人，也很少讓人聽到他講的就是客家話。所以，客家人是看不見的族羣，客家話是聽不見的語言。

例如，在彰化、雲林一帶，早年有不少來此開發的詔安客，今天在西螺、二崙、崙背仍有不少人說著詔安客家話，但你隨便問桃竹苗栗一帶的客家人，有沒有人知道「詔安客」，相信十個裡面有九點五個不知道。再擴大些來說，你隨便抓一個福佬人問他，為什麼客家話有四縣和海陸之別，他一定會說，我連四縣和海陸都沒有聽過，怎麼會知道他們的差別原因。甚至在電視不普遍的時代，在大學裡常聽到南部來的孩子問，你說的是什麼話？當他知道是客家話以後，更驚訝地表示，我怎麼不知道台灣還有這樣的語言？

為什麼客家人會變成看不見的族羣，我想原因是客家人分布零散，沒有完整的經濟腹地，也就是沒有足以讓他們守住家園安於粗食的條件，只好不斷遷徙，以謀取一家生計，而遷徙在外，勢單力薄，不敢強出頭，慢慢地，就變成了看不見的族羣，而出外謀生，只好學外地的語言，說外地的話，所以變成聽不見的語言。

東方的吉卜賽人

在中國境內的客家人，據估計有四千五百萬以上（依一九九〇年人口普查比率推算），佔漢族人口的百分之四點三八（張衛東《客家文化》一九九一版），而從分布來看，就會發現一個很特殊的現象，無論粵、閩、贛、桂、湘、川或台灣各省，客家人都是那個省分的少數，如粵是廣東人為主，客家人只在東北山區，閩以閩人為主，客家人只在武夷山區，贛以江西話為主，客家人聚居贛南地區；湘以湖南話為主，客家話在汝城、郴縣一帶；四川及廣西客家人分布也都以山區縣分為多，而該兩省以四川話及壯語為主。

這些零散的客家分布，都是經濟條件較弱的地方，不像吳語區有經濟雄厚的江淮腹地，古稱「上有天堂、下有蘇杭」，正是吳語今天仍保有百分之八人口的後盾。而台灣的客家，嘉南、高屏一帶的平原，都屬福佬籍所有，客籍只好住在桃竹苗台地求發展，後來不足維生，又轉遷花蓮、台東。丘陵地經濟力太弱，只好朝都會求發展，而都會裡以說福佬話和北京話為主，所以到都會的客家人，完全沒有自己的聲音，有的甚至怕人知道自己是客家人，所以在都會裡，縱然有客家人，但是你看不見。

地瘠人貧，無法死守家鄉，自然要向外求發展，所以食指浩繁的家族不遷徙就會坐困愁城。曾經有人以為客家男人不事生產，由婦女下田耕做，那是不了解實情所致，事實上，客家男人不下田，是因為當地田少地瘠，耕種不敷餬口，男人紛紛往外另謀發展（或讀書求公職，所以客家人讀書風氣盛，或經商賺外資，所以客家人游走範圍廣），把不足餬口的農事給婦人掌管。而外人只看到婦人下田，卻看不到男人在外飄泊，就以為客籍男人不事生產。

家鄉無法維生，轉而向外發展也不失為權宜之計，問題是向外發展，賺了別個族羣的錢，或獲取別個族羣的土地或權益，自然又會引起當地族羣的不滿和敵視，甚而起衝突發生械鬥，西元一八五六年到一八六七年，整整十二年的「廣東土客大鬥案」就是客家人向外發展與廣府土著發生利益衝突，結果死傷五、六十萬人，最後由清政府出面調停，於是台山、開平、四會一帶的客家人，只好又向高州、雷州遷徙，甚至有的漂洋過海，到海南島的崖縣、安定等地求生。

從這個血淋淋的實例，可以清楚了解到，客家人的遷徙主要是因為家計不足往外求生，而不得不離鄉背井，由於常常遷徙，所以有人稱客家人是東方的吉卜賽人。

然而東方的吉卜賽，不是任性遨遊、喝酒唱歌就足以維生，反而要隱忍、勤儉、堅毅、沈默，以走避他方的悲情去面對生命，有的甚至背著親人骨骸一起流淚，因為他們怕離開家鄉

◀▼左堆佳冬的隘門，如今會是部落中的客家人遠離家園的起點？（詹慧玲／攝影）

無法回來祭拜，只好帶著骨骸以慰他鄉思念之苦，因此客家人都有二次埋葬的習慣，惟恐幾年後又搬離他處，所以親人初亡，大都一週內埋葬，立個簡單的墳墓，等幾年後再次撿骨放入金斗甕，才正式建塚祭拜。

■走出不被看見的陰霾

或許說到這裡，有人不禁要問，為什麼客家祖先，在南遷之時不直接到富饒的平地開墾，就可免去隔幾代再度不足又要搬遷的辛苦。這個答案很簡單，因為客家人是漢人族羣中最後南遷的（其他族羣南遷長江流域或以南，依序是吳、湘、粵、閩、贛），當他們南遷的時候，東南較富庶的地方，早被吳湘粵閩贛等早期南遷漢人所據守，退而求其次，只好零散的分布在川湘粵閩桂的丘陵地帶暫且維生。隱忍維生的弱勢族羣，財不粗氣不大，能夠節儉自持，縮衣度日以求自保就算萬幸，怎敢隨心所欲的表現自己，怎敢大聲說客家話以側人耳目，所以客家人慢慢變成了看不見的族羣，客家話變成了沒有聲音的語言。這還不打緊，由於勤儉節省出手不大方，還被其他族羣的人說成客家人吝嗇小氣，更是冤哉枉也。現代台灣流行一句話「有錢不是罪過」，我不禁要問「難道節儉也是罪過」，近年來有不少學者（如張茂桂先生）提出英國社會學者E. J. Ho-bsbqum的看法，認為民族的特質不是本質存在的，通常都是「事後」的產物，也就是說先形成民族了才有特質，不是先有特質了才有民族，那麼縱使節儉說成吝嗇，那也不是客家人的特質，那是歷史和大環境使然。

話說回頭，客家人為什麼那麼慢才南遷，早些南遷不就可以找到富饒的根據地了嗎？這個問題也要交由歷史來回答。早期有些學者認為客家人五胡亂華及黃巢之亂就開始南遷，我倒認為客家人南遷應以「抗元走粵」和「抗清渡海」為主要，其次「遷海復界」和「湘廣填川」也是一大因素。因此客家人南遷完全是「漢賊不兩立」（這裡的賊指阿爾泰語系的蒙古和滿清）而離開中原遠避他方，時代當從北宋末年開始，依今日客家人家譜世系推算（如李氏德旺公派下），遷到寧化石壁村到今天約三十世，差不多就是北宋末年或宋元之際，再從今天福佬話的文言音幾與客家話相符（此現象不另討論）看來，很清楚的顯示，福佬話形成方言之際，仍學北方的官話用來讀書參加科考，這個文讀的北方音，差不多是唐宋的官話，也就是說客家人是操著唐宋北方音，而南遷移徙的。客家人南遷之後，北方漸淪入阿爾泰語族之手，所以語言特徵也起了很大的變化，今天客家話所有而北京話沒有的成分（如入聲），或北京話所有而客家話沒有（如兒化）的現象都是北方阿爾泰語融入漢語所造成的結果。可見，客家人的南遷是以抗元抗清為主要。

今天，談大漢族、談多元社會，本不應再有以上「數舊賬」的說明，但為了點明客家人為何變成看不見的族羣，筆者不得不費此功夫，一一闡明，但願未來的社會以工業取勝，不再靠富庶的根據地來活口養家，那麼客家人的致命傷——沒有經濟腹地，可以因此撫平不少。在多元的社會裡，秉持勤奮節儉的美德，不再依靠肥沃的根據地，或許仍可創出另番新天地，那時的客家人就不應該是看不見的族羣，那時候的客家話就不會是沒有聲音的語言了。

——原載於一九九三年二月二十七日《中國時報》

作者簡介：

羅肇錦／台灣苗栗人，一九四九年生，師大國文研究所博士。目前執教台北師範學院，著有《台灣的客家話》書籍等多冊。

客家，漂泊的族羣？

——客家非吉普賽論

■黃榮洛

吉普賽是漂泊不定的族羣，
是像無根的萍草一般，
客家人的「客家」，
也被部份人士，
解釋爲像吉普賽人一般，
是走來走去的流浪人……
然而，
事實是否如此呢？

GYPSY（吉普賽）是世界聞名的一種漂泊民族羣，據說他們自稱是Romany（羅馬泥）。一說他們是原屬印度的住人，漂泊流離於阿拉伯，南俄羅斯，遂進入歐洲，所以在歐洲各地方，亞洲之西部、非洲、澳洲、南北美洲都有其蹤跡，很可能昔時也有到過中國等地。吉普賽最多的地方，是歐洲的中部、波蘭、西班牙等地，在西班牙的吉普賽，很熱情又有音樂的才華。依各地方，他們的生活方法不免有若干的差異，大部份以廂車為家，駕駛廂車，一個地方、一個地方地過漂泊流浪的生活。

吉普賽沒有一定的住家、家庭、職業，其生活的手段，是從事賣卜（算命）、樂伶、鑄師、編織師、家畜的買賣等職業，他們最得意的是音樂和跳舞。以上是第二次大戰前的情形，現在有關吉普賽的訊息不詳，只知道吉普賽是漂泊不定的族羣，是像無根的萍草一般的人。客家人的「客家」，也被部份人士，包括客家人自身，解釋為像吉普賽人一般，漂泊不定，走來走去，流浪的一族羣。造成這個原因，是羅香林教授在他的《客家源流考》，和《客家研究導論》等書中，論及客家人來源及客家人名稱的來由。羅香林教授認為，「客家人」名稱是由「客戶」而來，「客戶」的意義是寄於大戶人家的「流人」「流民」，也就是慢來、新來者，所以和「客」意同，即「客而家焉」客家人的解釋。但以後羅香林教授的《客家源流考》和《客家研究導論》兩書，被客家人認為經典之作，甚受尊重，致沒人懷疑解釋的「客戶」的來由，又沒有人找到新的證明，遂產生客家人被解釋為如吉普賽般的漂泊族羣。

筆者從幼年時代起，就耳熟能詳的聽大人們說，「我們是『客人』」，或「我們所說的是『客話』」，在日治時代從未聞過「客家人」，或「客家話」般的帶有「客家」的詞彙。同樣的同住台灣土地上的福佬人，也稱我們是「客人」，或是「客話」，一直到二次大戰後中國人來台，才從中國帶來「客家人」「客家話」的客家詞彙，替代原先的「客人」「客話」。大戰以前的台灣，客家人本身自稱「客人」，連福佬人也稱為「客人」。不但如此，北京話（國語）所稱的「客人」，客家人和福佬人都一樣稱為「人客」，個中原由，也很值得推敲。客家人和福佬人，不論在中國，或台灣，都很接近或混合居住，互相交流之情形頻繁，習慣上都用「客人」或「人客」的詞彙。

細查現今所用的北京話（國語），很可能是滿清入侵中國後才完成的語言，北京話所說的「客人」是指「人客」之意思，為了分別，才會出現「客家人」的客家詞彙，也很可能是滿清入侵中國後所產生的新語，以作「客人」（人客）和「客家人」（原來的客人）之分。依此推察，以前的文獻，只有「客人」，沒有「客家人」的記載，原因就不難釋然，同時也了解台灣人大量移墾台灣是滿清領有台灣之後，當時在原鄉在福客間都尚未習慣稱呼「客家人」，依然帶來「客人」和「人客」的舊稱，以致福客都不稱新語「客家人」？這種推測也有其肯定的文獻記載，《廣東文海卷六十二》，戴葉鈞撰《台灣從軍義民紀略》中的：「客人者，嘉、平、鎮三州邑僑寓之人也。……粵人謂之客人……」可見在中國，早期也沒有稱呼「客家人」的習慣，至為明顯。清廷領有台灣後，在台灣出現的各種地方志，也看不到「客家人」之記載，連「客家」都沒有，僅有「客莊」、「客」、「客民」、「客仔」、「客人」等名稱，日本領有台灣後之龐大文獻上，也看不到「客家人」、「客家」的記載，僅有「客人」、「客人語」之外，指客家人之意的「廣東人」、「粵人」等稱呼，確實在台灣一地而言，這個「客家人」、「客家」之稱呼沒有存在過，可見「客家人」確實是新語。

古文書上找不到「客家」，也找不到（宋朝以前）指客族之意的「客人」詞彙，不禁令人懷疑古時代是否存在過「客人」詞彙？不錯，文書上有「客戶」之記載，羅香林據以說成「客而家焉」，而解釋為「客家人」之詞彙。查向南避難遷徙的中原人，不限於「客家人」一族羣，為了避難而流亡的所謂「流人」、「流民」、「流寓」，也並非都變成「客家人」，各族羣都有存在。如此觀之，所謂「客戶」當然不僅指「客家人」一族羣之意，羅香林教授的立論，根基是錯誤的，難以立足。陳冠學的根據Haka（客家）國而來的「客家來源新說」，就一點都搭不上關聯，因為蒙古入侵的那個年代，沒有「客家」（音Haka）國之存在，如果能找出，也扯不上關係。因為昔時不稱「客家人」，也不稱「客人」，明清以前根本沒有如此稱呼論據。所以利用字源學建立的理論，是靠不住的！

因為羅香林建立的由「客戶」而來的「客而家焉」的「客家人」名稱，留下不少後遺症，致客家人來源或客家人名稱由來的研究，在原地踏步，幾十年來不但沒有突破性的研究，更產生似是而非的立論。造成這個原因是在於「客戶」的錯誤解釋，那麼「客戶」真正的意義是什麼？很幸運，這個「客戶」的解釋，被筆者發現，筆者並非在古書上或大陸所出版的書上發現，卻在台灣的地方志《諸羅縣志》的〈賦役志〉條，及《續修台灣縣志》的〈政志戶口〉條上，發現了這個「主戶」和「客戶」的有關說明。在《諸羅縣志》記載：「……戶無主，客以見居為簿……前此鄭氏不分主客……以有室者均編客戶，單丁不與焉……」

《諸羅縣志》的「戶無主，客以見居為簿……」之一段文，很明白的指戶主不在的「戶口」（客戶），就以「客」字記在於戶籍簿上，意即被編稱「客戶」，也就是說，戶主在家的就稱為「主戶」，戶主不在家僑居於外的就稱為「客戶」，至為明顯。以不分「主戶」、「客戶」之後，均編為「客戶」而言，就更證明有了家室家族之後，才有「客戶」之存在，即更明白「客戶」所代表的意義。這個「客戶」意義之發現，是客居於外，是出外，和羅香林教授所說的慢來，新來者為客之意，恰恰相反，其意相差何只幾萬千里。我們當然完全否決客人名稱由「客戶」而來的說法。因為「客戶」是從賦稅上的「主戶」、「客戶」而來，是通用於全國人民、各族羣的。

那麼，客家人（客人）名稱的由來呢？因為迄今未能找到有關文件，尚未能立論證明，但有黃榮洛的假說。蒙古人入侵，因為蒙古人殺人如麻，中原人大量南遷避難，向各地方散去，到人口稠密地方的難民，消失於人海中，被

●玉里客人城的客家人，帶來傳統食品。

▼花東縱谷中的台灣客家二次移民，集結玉里成客人城。（劉還月／攝影）

同化，其中一部份遷徙於當時人口稀少的廣東、廣西、福建、江西等省的山區，因為大族羣，原住民又稀少，所以未被同化，混血的情形也少發生，反而同化了原先住民，中原語能夠保存，這一羣人就是客家人的先祖。南宋末年之時，文天祥率領這一羣中原人，盡力扶助宋朝廷，這一羣中原人犧牲之苛酷，羅香林的《客家源流考》有記載，梅州之戶口，《元豐九域志》所載，主客戶共計一萬二千三百七十二戶，到了《元史地理志》所載，梅州戶口僅存二千四百七十八戶，已變成不及《元豐九域志》的五分之一。可知蒙古人的入侵所造成的，對一羣中原人（客家人）的毀滅性打擊。所以客家人間留傳的祖牌上的「孺人」稱呼，或葬禮上和墓碑上的私自諡名習俗，傳說是宋朝廷所賜的。以此推論，「客人」名稱的由來，很可能是宋朝廷所賜，這一羣中原人是被宋朝廷封為座上客之「客」或「客卿」的客。顯然尚需尋找以資考證的文獻。因為南宋的滅亡，有關文獻盡失，僅存口傳，年代久了終於失傳，才成了謎？

不過客家人，是因蒙古入侵，避難來到廣東、福建、廣西、江西等的原住民稀少的這個地區。因為是山區，田園狹窄，又是大族羣的入墾，即刻受到人口壓力，求溫飽都困難，溫仲和《嘉應州志》亦載：「……嘉應之為州，山多田少，人不易得田，故多賈於四方……」因為在那狹窄的田園，求溫飽都難為，不得已出外謀生。不但如此，有地就去移墾，如去四川和台灣。如此，客家人之出外，完全是求職和求地，和吉普賽的漂泊流浪不同，是為了找尋生根之地方。

——原載一九九二年十一月《台灣客協會訊》第三期

作者簡介：

黃榮洛／一九二六年生，台灣苗栗客家人，新竹縣立桃園農業學校畢業，歷任教員、技佐、技士、農會總幹事等，現在自營碾米廠，一九四八年開始研究台灣鄉土史，作品散見《台灣風物》、《中原週刊》等，著有《渡台悲歌》。

客家文化的危機與轉機

——從客族內質反省客家未來

■梁榮茂

客家族羣當今所面臨的挑戰與困境，
正如滿清末葉所遭遇的強勢衝擊，
「救亡圖存」是第一要務，
縱使是「閉關自守」也不可能，
但令人擔心的是，
客家文化內涵的薄弱和貧乏，
在遇見另一文化後，
彷彿就微小不堪一擊了……

客家人，三四百年來，曾經胼手胝足、刻苦耐勞、克勤克儉、流汗流血的開墾、建設與捍衛台灣，其貢獻決不在其他族羣之下。然而客家人雖如此勤奮，卻未見這個族羣有什麼壯大與發展，尤以近三、四十年來，反而日漸萎縮，客家庄一個個在被同化消失之中。最明顯的便是客語的流失。全台灣除了桃、竹、苗三個客家人較多的縣份以及分佈在其他縣市少數零星的客家庄以外，再也聽不到客家人的聲音了。當一個族羣的語言消失之時，便是這一族羣消滅之日。所以我們可以說：沒有客家話，就沒有客家人。

客家族羣當今所面對的挑戰與困境，正如滿清末葉所遭遇到的西方強勢文化之衝擊那樣，「救亡圖存」是第一要務，縱使要「閉關自守」也不可能了。然而文化的變革是一件非常複雜、艱鉅而且需時甚久的大事；更令人擔心的是客家文化的內涵顯得異常的薄弱與貧乏，除了一些客家山歌與幾樣客家菜之外，仔細想想，能真正代表客家文化的雕刻、繪畫、舞蹈、戲劇、服飾以及最重要的哲學思想，又在那裡呢？如果有，也是非常有限。當兩種或多種不同的文化相互激盪、切磋之後，各種文化的優劣部分很快就會暴露出來。在目前台灣各種鄉土文化與西方文化匯流的情況下，客家文化更顯得微弱不堪一擊了。弱勢族羣加上弱勢文化，這正是客家族羣的大危機。

如今，客家人正走到這「亡族滅種」的關頭，有識之士，無不憂心忡忡，四處奔走疾呼，想要喚起所有客家人的危機意識，希望大家覺醒、勇敢的站出來，為挽救自己的語言文化而共同努力奮鬥。

造成這種現象的原因，不外下列數端——

㈠客家是弱勢族羣：客家人約佔全台灣人口的一七％，即三百五十萬人左右；外省人約佔一三％，即二百六十萬左右；原住民約佔三十三萬人，其餘近七〇％為福佬人。優勝劣敗乃是自然生存競爭的鐵則，少數族羣必定被多數族羣所同化，以致於逐漸消失。這對其他動物而言，倒是很適當；對人類而言，則未必如此。因為人類有理想、有尊嚴、有意志、有智慧、有理性，能想出方法來保護自己，或使對方尊重自己，以包容之心讓各族羣和平共存。

㈡客家意識的低落：由於客家人口少，又散居各地，周圍住的全是福佬人而淪為「客家島」；為了生存，出外做工、或經商，往往不得不先學好福佬話。因為勢孤力單，久而久之，處處受輕視、排斥，甚至凌辱，又怕工作或生意做不成，於是失去了自尊心與自信心。這代表一個人之人格尊嚴的自尊心與成功之原動力的自信心一旦喪失之後，就會有意或無意的隱藏自己的客家身份，於是自卑感便隱然而生，深怕別人知道自己是客家人，甚至否認自己是客家人，這樣，他又怎敢講客家話呢？連客家話都不敢講的人，又怎能期待他有客家意識呢？於是客家意識就普遍地低落了。然而徹底檢討起來，這也不能全怪他人；反而應該怪自己不爭氣、不長進、沒志氣、沒膽量，事事退讓逃避，懦弱無能，不敢力爭，奴顏婢膝，自我作賤。這樣，越發被人瞧不起，古語說：「人必自侮而後人侮之。」就是這個道理。只要人人都能勇敢的站起來，據理力爭，永不退縮，別人當會另眼看待的。況且權利與好處，決不會從天上掉下來，而若靠人施捨，只是唾餘，一定是有限的；必須要靠自己全力爭取才行。

㈢經濟條件差：客家人來台較晚，都市、平原都給福佬人先佔去了，所以客家人只能住在丘陵山坡地，從事耕作。這種貧瘠的看天田，多則三五甲，少則幾分地，但求餬口都已不易，那有可能賺錢？於是出外做零工或學手藝的——如理髮、木匠、泥水匠、小販等等的特別多，鐵路局裡的員工，客家人也很多，這些都是基層而且粗重的工作；經商又沒有雄厚的資本，大都只能開個雜貨店，做些小本生意；有些便是讀師範學校，一則公費，可免去家庭的經濟負擔，二則一畢業便可被分發工作——教書；而最強烈的就是立志讀醫科，將來當個賺錢容易的醫生。大都市裡早期鬧區住的幾乎全是福佬人；不信，到台北市衡陽路、中山北路、延平北路去，看看你能找到幾戶客家人？其他各大都市的情形也都如此。另外，像台塑、國泰、統一、力霸、新光等等大財團、大企業，動輒資產便是幾百億、上千億的，客籍人士有幾人？有錢好辦事，無錢萬事難，但求謀生都已不易，那有餘力做其他的事情？所以客家人難出頭天。

㈣政治及社會地位低落：由於客族係弱小族羣，經濟力差，選風又敗壞，所以在各種選舉中，客家人從未達到所佔人口比例（一七％）之數。如立委一六一席中（吳耀寬去世，現只有一六〇席），客籍立委只佔十席，按人口比例應有廿五、六席；台北市議員五十一席，應有九席，現在只有一席；國代、省議員、高市議員以及中央如五院正副院長、行政院八部二會等等，客籍席次均與比例相差甚遠。多少人辛辛苦苦謀得一官半職或一份工作，為了保住飯碗或升官發財，於是表現出一副「死忠」的模樣；又沒有廣大的羣眾做後盾，因此客家人視投身政壇為畏途，更莫提遊行抗爭了。客家人怕事，是一大特徵。而位居中央決策的少數幾位客籍政要，又從不曾為客家人爭取權益多說一句話。客家人在政治資源的分配上是何等的寒酸！另外，客家人亦缺少德高望重、登高一呼，便會羣起響應的社會領袖，因此難以團結客家力量。在當今政治支配一切的情形下，客家人要待何時才能揚眉吐氣？

㈤政府語言政策的不當：四十多年來，廣電法限制方言的播放，學校裡又禁止學生說方言。限制、禁止即是打擊、迫害，這當然會阻礙方言的保存與發展。加上社會結構的改變，大家庭制已瀕臨瓦解，小家庭制盛行，父母早出晚歸忙於工作，小孩又忙於功課與補習，或沉溺於強勢北京話的電視機前，一天之中，大人與小孩難得說上幾句話，不像以前三四代同堂的大家庭，小孩隨時都有向祖父母等等長輩學習母語的機會；四、五歲是學習語言最快的階段，而今這種情形全都消失了。於是多少年輕人已不會講自己的母語了。可悲的是：許多中年的客籍夫婦，在家裡自己放棄客家話，全用北京話交談，那麼小孩在電視上、學校及社會上都聽不到客家話，縱使他們有心要學，也沒有地方可學了。這樣，客家話那有不流失之理？客家人自己都不愛惜、不講，那要叫誰來愛惜、來講客家話呢？這種現象之造成，中年以上的客家人要負最大的責任。所以我們可以斷言：在家講客家話是保留客家話最有效的、也是最後的根據地。如今，原住民的語言已流失殆盡，客語次之，福佬話又次之。這豈是尊重與保護各族語言文化的良策？

這種政策施行了四十多年，已達成了打壓、迫害方言的目的。正因有太多的客家青年已經不會講客家話，於是他們的客家意識隨之低落，人人競逐於功利社會中，忘了自己是誰，不肯為客家盡點心思！很多客家社團活動，看不到幾個年輕人參加，如此，他們將如何接棒呢？而年長的一輩，你們又為什麼沒有盡到一些教導的責任呢？

綜上所述可知：客家族羣正面臨危急存亡之秋。救亡圖存之道，無非針對所述各項弊病採取因應對策。

關於第一項：這是急不得的一件事。我們不能規定客家人一定要跟客家人結婚，也不能制訂什麼人口政策來大量「增產」，所以這種人口生態的懸殊比例，是件無可奈何的事。

對於第二項：凡我客家人面對此一困境，人人要有危機意識，視客家族羣、語言文化的延續與發揚為自己不可推卸的責任，發揮我客族堅忍不拔、團結奮鬥的傳統精神，出錢出力，要付諸實際行動，振我客家魂，爭我客家光。這樣，客家人便踏上了自救之路的第一步了。況且這種艱鉅的工作，決不是一個人或少數人所能完成得了的，一定要大家一起來才能見功效的。

對於第三項：客家人的經濟力雖薄弱，但中上階層者實屬不少，只因客家人受原有節儉習慣的束縛，少有回饋的觀念，不肯輕易出錢，所以客家公共事務之推展至為不易。節儉原是一種美德，但太過節儉，就變成吝嗇鬼、守財奴，這種舊習急待改變。如能慷慨一點，就可積少成多，聚沙成塔，客家社團那麼多，分工合作，客家公共事務推展起來就容易多多了。

關於第四項：凡是敢做敢當肯為我客家爭權益的人，就要一致支持他；對於一些已經在位，就要施壓，讓他能為我客族多做點事，否則看他下次的選票從那裡來？至於德高望重的公正人士所領導的社團活動，大家要熱心參與、幫忙，人多勢眾就是成事的一股力量。

關於第五項：一九九三年七月間，立院通過廢除廣電法中限制方言的條文。這看起來好像是一大轉機。事實上，這只對強勢語族有利；對弱勢語族而言，仍是一種危機。自從一九八八年十二月廿八日在台北市舉辦了一次有史以來客家人萬餘人的大規模「還我客家話」示威抗議之後，才由省政府補助製作《鄉親鄉情》，每週由台視播出三十分鐘的客語節目，

●客家人在政治資源的分配上非常寒酸。（劉還月／攝影）

一年總計二十六個小時；一九九一年七月起，三家電視台自上午十一點至十一點四十五分，各台十五分鐘的《客語新聞氣象》節目，一年三台合計則為二七三小時又四十五分鐘。兩者共計一一七小時又十五分鐘——只有十二天半的時間，我客家人何等的卑微，何等的乖順啊！四十多年來，客家文藝沒有發表的空間，所以創新有限，文化也就停滯不前。這四十多年來留下的一大片空白，理應由政府編列預算，補助各類客語節目的製作與播出，因電視節目的製作費用甚為昂貴，而較佳時段的播出一時也拉不到廣告（目前，黃金時段當然不敢妄想），這筆龐大的經費決非個人或民間社團所能負擔得起的，所以應由政府補助，俟三、五年後，儲備工作做得差不多了，才會有自由競爭的能力。三百多萬的客家人，兵照樣當，稅照樣繳，為什麼傳播媒體這個公器，客家人就得不到應享的權益？所以強勢語族可以自由競爭，弱勢語族尚需保護。近次修訂廣電法時，一些強勢語族的立委，思慮不周，又昧於事實，便率爾主張自由競爭，試想，當初在台灣少有人懂的北京話，要不是經過四十多年的保護與強力推行，今天又如何能成為強勢語言呢？要是客家話也有同樣的待遇，我們決不會有半句怨言。就像百米賽跑，自己先偷跑了八十米，再叫人從原點起跑，這又是那門子的公平的自由競爭法呢？

又一九九三年七月間，教育部已同意開放各級學校實施雙語教學，這對方言的保存與發展，自有很大的幫助。對當局這項措施，我們只能說那是「知過能改，善莫大焉」了。

若能針對上述各項弊病一一加以革除，而又能徹底推行各項挽救之策，必能化危機為轉機，則客家人便有救了。

作者簡介：

梁榮茂／一九三八年生，台灣新竹人。現任台灣大學中文系教授，專研中國先秦諸子及兩漢文學，曾任台灣客家公共事務協會副會長。

自傲的血統，自卑的民族！

——台灣客家族羣與信仰的弱小情結

■劉還月

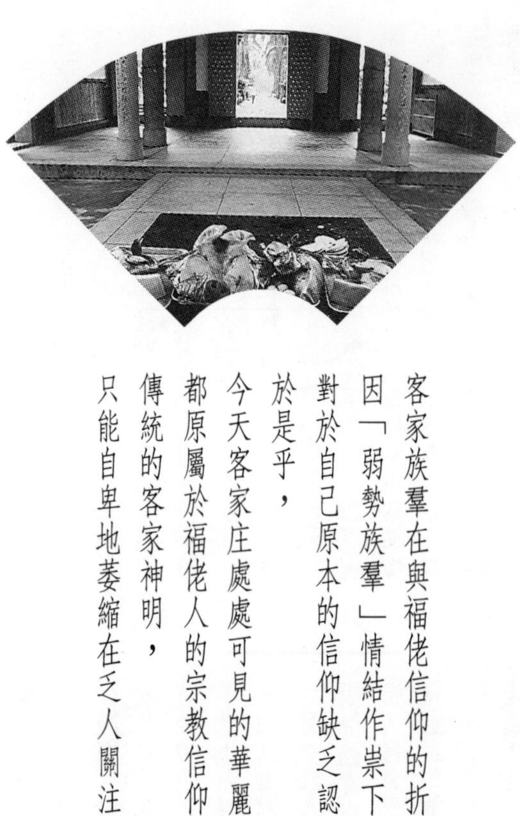

客家族羣在與福佬信仰的折衝中，
因「弱勢族羣」情結作祟下，
對於自己原本的信仰缺乏認識與自信，
於是乎，
今天客家庄處處可見的華麗廟宇，
都原屬於福佬人的宗教信仰，
傳統的客家神明，
只能自卑地萎縮在乏人關注的舊廟中……

孤懸在太平洋西陲的台灣，是一個典型的移民社會，由於移民完成的歷史還不算太久遠，移民的系統多而雜，墾拓之所原又是個荒蠻的海島、山多平原少……等等因素影響，移民本身的衝突性與矛盾性不僅鉅大，且延續的時間長，有些問題雖在時間的侵蝕下逐漸淡化了，但也有不少問題一直隱化在社會結構中，形成一種特殊的現象，值得關心台灣文化的朋友認真觀察與思考。

台灣開拓史上移民之間的衝突，大體可分為漳州人與泉州人的械鬥、福佬人與客家人的對抗、漢人與原住民的爭戰……等等。這種種或大或小、或為爭地、或為保莊、或為私仇而起的戰禍，在當時不僅造成無數人民性命與財產的損失，人們為了自身的安全，更自動地形成同一語系或同一祖籍的不同集團；這些原本互相仇視，不相往來的集團，雖然在後來政治力量的干預與化解以及時間的侵蝕下，逐漸打破了高築的樊籬，漸漸地不再分彼此，今天的漳泉融合，正是最明顯的一例。然而，無論時間是多麼高明的化妝師，總還是會留下一些不能抹平的舊跡，在歷史的洪流中隱隱浮現，至今仍不能完全解決的福、客衝突，應該是最典型的問題。

■客家人與義民爺

台灣地區福佬人與客家人的恩恩怨怨，最早乃爆發於康熙六十（一七二一）年的朱一貴事件，當時只是一件單純的地方武力對抗謀反集團事件，卻因六堆為主的客家民兵在下淡水河邊重挫朱一貴主力，導致「賊眾慌亂四散，逃至下淡水河邊者……適逢溪水大漲，溺死不計其數」。事後「總督覺羅滿保得悉亂事如此迅速平定，是因六堆義民兵先剿滅了下淡水之賊軍主力，應居首功，乃奏請朝廷，既拔李直三、侯義德、邱永月、劉庚甫、陳展裕、鍾沐華、鍾沐純等為『千總』，另賞銀九五〇兩、米三百石、綵緞一百疋，粟一三〇〇石。旌其里曰『懷忠里』，諭建亭曰『忠義亭』。優恩蠲免差徭（立碑縣門永為定例）其他奉旨從優敘。給台灣地守土義兵劄付一一五張，引兵剿賊義民劄付三六張，擒賊義民劄付一一三張，榮耀一

●竹田忠義祠，往昔在中堆。
（劉還月／攝影）

●竹田忠義祠香火不盛。
（劉還月／攝影）

時。後來李直三、侯觀德等又將賞粟奉還府治助修萬壽亭，更獲嘉獎」（鍾壬壽編《六堆客家鄉土誌》）。

這個意外的殊榮，雖是六堆客家人犧牲許多生命換來的，卻也形成了一種負擔，「六堆義民兵團之組織，起因於自衛，竟得如此褒獎，實屬意外，以後也就成為『忠義團』了。可是，因此招來一部分其他移民之怨，事後且有人控告濫殺良民，雖被批駁曰『義師清民守莊守社，拒賊殺賊，未有殺民，捏控不准』的判定，但仍結怨不少，而六堆當事人眾則議決『今後非有府縣命令或請准後，絕不出堆』可見忠義行動也要慎重才得安全哩！」（同前引）

朱一貴事件之後，藍廷珍鑑於客家人協助清軍「平亂」有功，乃奏請清廷解除早年不准粵人渡海來台的限制，自此以後，客家人才有較多的移民來台，不過當時平壤之地皆已由早來的福佬人初拓，客家人只得越過福佬人的墾地，在丘陵或淺山地區開墾，其間經常由於水利的問題以及墾界的劃分，衍生許多流血衝突事件，加上「嗣後地方安靖、閩每欺粵，凡渡船、旅舍、中途多方搜索錢文。粵人積恨難忘，逢判亂，粵合鄰莊聚類蓄糧，聞警即藉義出莊擾亂閩之街市莊，焚搶虜掠閩人妻女及耕牛、農具、衣服、錢銀無算，擁為己有，仇怨益深」（林棲鳳等《台灣采訪冊》）。福佬籍和客籍人士的宿怨與仇恨，日堆月累下，到了乾隆五十一（一七八六）年的林爽文事件，終於全面性地爆發開來。

天地會領袖林爽文的起事，原只為「因貪官污吏剝民脂膏，爰是順天行道，共舉義旗，剿除貪污，拯救萬民。」本和福客衝突沒有直接的關係，他的領導部將中，甚至還有三位廣東饒平的客家人，可見林爽文事件本是一件單純的官逼民反之亂，然而不久之後，福客衝突的成份卻迅速升高，「林爽文反，南路粵人蹂躪莊園尤甚。賊首莊大田，莊錫舍等，合眾力攻粵莊不得入，閩人被粵人擒殺極多……」（林棲鳳等《台灣采訪冊》）。「當其（林爽文部眾）繼續推進，六張犁庄（今竹北六家地區）首當其衝。林先坤公因率子弟兵抗禦，並聯合王廷昌公、陳資雲公、劉朝珍公等數股粵眾之力，迅速集結，凡千三人，奮勇抗敵，以衛鄉土，是乃義民軍之肇始」（《褒忠義民廟創建兩百週年紀念特刊》）。事後，清廷除大肆獎勵有功之義首外，更分頒南北兩義民廟「褒忠」勅旨，奠定了義民信仰在客家人心目中的重要地位。

事實上，清季的台灣，由於政府無心經營，加上貪官劣兵，社會動亂層出不窮，儘管「任反不成」，卻也「任征不平」，如此變亂頻繁的現象，造成了許多「民激於義則為兵」（謝金鑾《台灣縣志》）的義民，且漳泉各籍人士皆有，林爽文事件之後，乾隆皇帝為宣揚義民之功，「特賜扁額，用旌義勇」，分別頒給泉州庄義民「旌義」，粵東庄義民「褒忠」，漳州庄義民「思義」，熟番社（平埔族）義民「效順」等匾額，此外，嘉義、北港等地也分建有死於林爽文之役人士的忠義廟或義民廟，顯示義民爺的崇祀在清季並非客家人的專利，何以到了今天，卻成了最具代表性的客家信仰？何以義民爺的崇高地位，甚至超越過傳統的客家人信仰之上呢？

客家人勝利的「標本」

以台灣民間的信仰的觀點來看，義民爺應屬有應公信仰的一系。移民之初，由於風土不適，路倒病歿者甚多，加上「三年一小反，五年一大反」的兵聯禍結，使得島上的有應公信仰相當發達，民間對它的態度，大體可分為三方面來談：一、基於憐憫、慈悲的心安奉；二、因懼怕作祟而祭祀；三、為了有求有應而膜拜，……至於它的地位，一直屬於陰神崇祀的範疇，因此無論香火多盛，信徒多廣，卻總是「每每夜半之後，絡繹的人羣中，有泰半竟是剛下班的特種營業女子」（劉還月《台灣歲時小百科》）。要不然便是「大家樂賭風掀起後，每天晚上，廟前都擠滿了來自各地，為求明牌的善男信女」（同前引）。這些現象，都說明了有應公的地位甚低，一直未能被列為正神之列。

客家地區的義民爺信仰，非但早已有別於一般有應公的孤魂崇祀，更在客家人刻意地塑造下，「從今年（一九八七年）九獻祭祀大禮之後，義民爺是正神陽神，不再是陰神了！」（《客家風雲》雜誌創刊號）。從當初的「抗賊」孤魂，到今天的正廟陽神，是一段多麼漫長而遙遠的路程，更重要的是映現出客家人在台灣社會中，懷持的特異心態與永遠解不開的心結。

客家人費盡心機地提昇義民爺的地位，顯然源自於舊時和福佬人對抗的心態。前述曾經談及，清初的嚴禁渡台政策，阻緩了客家人渡海的腳步，使得台灣的客籍移民不到福佬移民的三分之一，且大都移民較遲，墾拓的地區都為貧瘠荒蕪之地，無論在人力、武力及經濟能力都遜福佬人甚多，兩籍人士又為土地或經濟利益常生衝突，幾乎每一次總是福佬人獲勝，失敗的客家人只得讓出地盤，往山區發展，台中地區的墾拓史如此，北部地區的開發也是這樣的模式，甚至客家人不斷被迫流離遷徙，慢慢聚集成客家莊之後，仍不時受到福佬人的挑釁，只得紛紛築隘門以自衛；受盡委屈的客家人，莫不處心積慮地希望能夠扳回一城，因此每當林爽文、戴潮春以至於其他由福佬籍人士主導的民變事件爆發時，客家人莫不紛紛高舉清廷旗幟，和官兵聯合圍攻變民，以報久積之仇，正是所謂的「治時閩欺粵，亂時粵侮閩」（林棲鳳等《台灣采訪冊》）。

歷次的民變衝突無論是福佬人或者粵人，其實都是兩敗俱傷，朱一貴事件，「六堆軍的部將計涂文煊等死傷一百十二人，賊軍殘將陳福壽、劉國基、薛菊生等，搶得小舟浮海，逃至瑯嶠（恆春）幸免一死，其他生還者僅數百人而已」（鍾壬壽編《六堆客家鄉土誌》）。及至林爽文兵變，在南部客家庄中，「右堆（今美濃、高樹地區）派兵迎擊，卻陷於危局，被殺七十餘人之外，中壇庄亦遭燒毀」（同前引）。新竹地區的客家人於「征戰中，犧牲成仁義軍先烈達兩百餘人」（《褒忠義民廟創建兩百週年紀念特刊》）。雖然如此，客家人畢竟算是贏得「最後的勝利」，這樣的戰果本就值得大書特書，再加上又有乾隆御筆的「褒忠」勅旨，自然更成了客家人無上的光榮，每每被拿來當作勝利的「標本」，因之，今天義民爺在客家人心目中高過一切的地位，一點也不足為奇了！

自卑的客家信仰

根據個人的觀察與經驗，客家人表現在義民爺信仰中的自傲心態，乃相對於客家人自認的「弱勢族羣」情結而來的。事實上，這種「弱勢族羣」情結，由於長久的不能疏解，不僅在客家信仰，反映出客家人的自卑，甚至更成了台地客家人獨特的民族性之一。

我們先來談談「弱勢族羣」情結，表現在宗教信仰的另一個特徵——自卑、缺乏自信。

在中國原鄉時期的客家人，所處的自然與社會環境和福佬人截然不同，宗教信仰也相異甚遠，其中有幾個較明顯的特色是：

一、崇尚自然之神：數度顛沛流離，長期生活在山區的客家人，必須要花更多的心血與精力和自然界相搏鬥，對於人與自然的關係有最深刻的體認，因之，對自然之神的崇祀也最為虔敬，如代表天、地、水的三官大帝，傳為明山、獨山、巾山化身的三山國王，或者是河神、樹神、土地神……等，在客家村庄處處可見，且四時香火不斷。

二、敬重文明聖賢：歷史上的客家人，因受政治之迫，南遷至粵東一帶後，仍懼怕敵人的搜捕，「所以他們入山惟恐不深，入林惟恐不密」（陳運棟《台灣的客家人》）。有幸能夠逃脫敵人掌握的人們，對政治大都產生排斥，不僅訓戒子弟遠離政權，更以「晴耕雨讀」為家訓，世代相傳下來，使得客家族羣中出現許多讀書人，敬重文明乃成歷代相襲的古風，對文明有關的神明，如文昌帝君、韓文公、制字先師、魁星夫子、孔夫子……等，敬奉極為虔誠隆重；更有敬惜字紙的舊習，認為文字為聖神的化身，應收至惜字亭焚燒，正是客家人敬重文明最典型的表徵。

三、神在廟、祖在家：客家人的信仰較實在而缺乏創造力，信仰的神祇較少而單純，大都以觀世音、釋迦牟尼等佛教的神明為主，道教的信仰則重三山國王與三官大帝，其中尤以三山國王最受崇祀，舊時客家人都以王爺稱之，王爺廟往往為客家庄最重要的寺廟。此外，客家人的信仰觀念中，神和祖的觀念分得極清楚，神明都供奉在廟中，家中廳堂供奉的只有歷代祖先牌位而已。

如此獨特而鮮明的信仰特色，來到台灣之後，經過長期與福佬人的衝突和往來中，產生了相當大的變化，舊時敬祀的自然之神，早已扭曲了它原來的面貌，三官大帝的香火已微，王爺廟中的三山國王，得讓出一半的地盤給福佬人的五府或三府王爺，山神、河神廟也早被拆、被毀，主管文明的文昌廟，終年冷冷清清，分香自福佬社會的海神媽祖，不只是大家熱衷崇祀的對象，許多客籍家庭的正廳中，也開始供起媽祖和其他諸神神像。

民間信仰本就具有擴張性與融合性，這本無需特別疑懼，然而客家族羣在與福佬信仰的折衝中，卻因「弱勢族羣」情結作祟下，對於自己原本的信仰缺乏認識與自信，且不耐於客家人重日常敬奉而不競逐熱鬧廟會的信仰習慣，乃紛紛轉而追求因多數福佬人敬奉而香火鼎盛的神明崇祀。於是乎，今天客家庄處處可見的華麗廟宇，許多都原屬於福佬人的宗教信仰，而傳統的客家神明，只能自卑地萎縮在殘破而乏人關注的舊廟中。

假自傲、真自卑的民族性

客家人的自卑，除了表現在通俗信仰中，由於長期的作繭自縛，甚至已侵蝕其民族性，成為台灣客家人特殊的性格之一。

前面我們曾經分析，由於資源、財產、人口以至社會地位……等等遜於福佬人甚多，卻仍有一定的力量足以牽制福佬人，客家人就在這種並不是完全沒有發言權，力量卻不足以和福佬人分庭相抗的尷尬情況下，衍生了自我認定的「弱勢族羣」情結，進而發展出假自傲、真自卑的微妙心態。

在我們所熟悉的諸多客家問題報導或客家人自述的文章中，似乎總可以見到：保守、吝嗇、頑固或者血統純正、歷代偉人皆客家以及客家人口多、遍佈五大洲……之類的文句，前面三項都為福佬籍或他籍人士對客家人的批評，後幾項則是客家人最喜歡搬出來的「鎮家寶」。

儘管每一次有人提及客家人的保守、頑固及

吝嗇時，幾乎都會遭到客家人憤怒的反駁；然而，這些民族特性並不是今天才形成的，也絕不只是他族人士的惡意攻擊；客家人的保守，舊時甚至不與他族外系通婚，即使到了今天，「客家人」的「音樂文化」竟然在台灣停滯了百年之久，一個族羣的文化停滯不前百年之久，這不是危險的現象，不是可怕的現象嗎？「客家人的保守性格，表現在文化上，就是帶來今天『停滯不前』的後果……」（吳錦發〈保守之為害〉）。

至於吝嗇、小氣和頑固等缺點，羅香林在《客家研究導讀》中，早有深切的記錄：「凡百服用，皆以省儉為原則」，「做生意的，販奇貨、入窮荒，更行夜走，亦所不惜」，「化妝品、奢侈品，在客家社會，沒什麼好銷場的」，「客家人最喜自負，往往稍為有所見解，或感觸，輒為死生爭執，不知權衡，或挺然奔動，冷靜不下，治學如此，從政如此，從軍如此，做人如此，交友也如此……」，今天台灣的客家人，受海島環境的影響，作風雖有些改變，但保守的本性仍有太多的堅持。

無法革除性格上缺點的客家人，又自囿於「弱勢族羣」的情結中，久而久之，遂陷入一味迷戀過去，永遠活在過往光輝的世界中。

客家人不斷追求過往光輝的例子，幾乎無時無地皆可見到，無論是著書立說、演講論述，甚至是開會座談，或者是三五好友閒聊，幾乎都可以看到客家人搬出一長串的先賢聖哲出來，以彰現這個族羣在歷史上是多麼的重要，此外，上述的場合中另一個談話重點，恐怕就是標榜「客家祖先發源於中原，即今之河南，及山東西部，直隸山西之南部，陝西東部，以地居華夏之中故又曰中州。客家的風土與中州無異，故客家為中原民族。」（李宜善〈略述客家根源〉）的正統血統說。如果有人對這個說法提出質疑，必然「會引起許多客家人動肝火，沒有別的原因，是客家人最難忘的『木本水源』」（葉浩〈客家人比任何人還『漢人』〉）。

除了純淨，絕對沒有「雜種」的「高貴血統」之外，客家人當然免不了要強調自己是個具有「民族意識」、「慎終追遠」、「忠君愛國」的民族，也正由於上述的特性，客家人非但不會被消滅，而且每逃亡到一個地方，便在當地落戶生根，傳宗接代，不僅在世界各地都有客家人的存在，這些散佈在五大洋八大洲的五、六百萬客家人，幾乎在每個僑居地都建有「客家會館」或者組有「客屬大會」之類的同鄉組織，更有許多傑出的人才，在每個不同的國度裡，都有耀眼而突出的成就……。

早幾些年，我在許多有關客家人的文章論述

●佳冬的三山國王廟，是福佬式信仰的華麗宮殿。（劉還月／攝影）

中，看到上述種種的「光輝」事蹟，總會昇起與有榮焉的感覺；到了近兩年，有較多的機會參與客家事務，才真正被客家人「無時不活在過去光輝裡」嚇住了。

李登輝當上了總統，客家人拼命去探究他的客家血統；當然還得大談特談孫中山、洪秀全甚至李光耀、鄧小平……等這些客家領袖他們的「豐功偉業」以及言行事蹟，而這些高談闊論的人永遠不肯去探究他們過去的努力以及曾經付出的心血，彷彿他們天生就是「偉人」，多談一些便可跟他們沾上邊而共享光采似的！

每次到了選舉，不少客家人就開始搬出了「忠君愛國」的說法，似乎不支持國民黨就是大逆不道似的，更有一些人反對民進黨的理由是害怕台灣獨立，他們的理由相當天真：如果台灣獨立了，客家人比較少，一定會被福佬人欺負，唯有尋求統一，才能聯合中國的客家人壯大聲勢。

為了要擺脫「弱勢族羣」的形象，客家人紛紛集會，討論要如何團結客家力量，要如何發揚客家文化，要如何爭取權益……等等的，但每個客家人的集會，大體不脫兩個特色：一、為顯示客家人重視倫理，敬老尊賢，每個會必有長老上台訓話，且一個接一個，講的都是客家人多麼高貴、客家人才有多少……之類的廢話，有時兩個鐘頭的會，這類的無聊訓話就佔去了一個半鐘頭以上。二、剩餘的少許時間可以真正進入會議主題，大家也要求有個結論，然後每個人扛著會議結論到處招搖，卻鮮少有人執行，偶有人執行，也只是馬馬虎虎應付一番，畢竟對客家人而言，有了會議結論，便可以四處宣揚，至於做不做，反正沒幾個人會注意。

客家團體雖然成事有限，但總還是會有些少數的熱心份子，默默地去完成一些事情，而只要有某件事做成，整個團體的份子必定不斷自我封功及緬懷在「成功」的榮耀中，一有機會便四處宣揚，久久不能停止。

總之，今天台灣的客家人已經漸漸地跟誠摯、踏實的民族告別，而在「假自傲、真自卑」的心結下，逐步邁向「萬事緬懷過去，一切光談不做」的虛浮世界中。

■客家人何處去？

我是一個標準的客家子弟，離開家鄉之前，甚至不知道這世上還有福佬人或其他族羣的存在。而在我的成長過程中，客家曾讓我感到羞愧，也曾自傲為「光榮的客家子弟」，今天，我卻陷入極端的痛苦與矛盾之中。

這些年來的文化工作，讓我深切的體認到，種族沒有優劣之別，文明只有先後之差。過去的客家人，不斷強調自己是個具有優良血統的民族，然而，人畢竟不是動物，純種的北京狗也許人人喜歡，但純種而愚昧的客家人一樣要被社會淘汰。過去的客家人，不斷宣揚自文天祥以後的先賢聖哲，然而他們早已屬於歷史，到了現代，李登輝即使願意承認是客家人，但客家人本身如果不長進，沒有一點力量，他也絕對不能也不敢為客家人做些什麼事的，不是嗎？客家人雖不斷自豪五湖四海都有本族人，然而遠水救不了近火，我們如果一直不能解開自囿的情結，放開心胸在這土地上與福佬人相互競爭，共存共榮，卻只幻想與中國的客家人聯合，這是多麼愚蠢、自私而又危險的想法啊！

當然，台灣客家人的問題並不僅止於此而已，這只是我近來觀察的初步整理，其中又由於許多個人的矛盾與衝突，不夠周延完整之處甚多，但我卻急著提出來，只是希望能夠愈早提醒客家鄉親，長期的自我封閉，會讓一個民族完全失去自信；一味地誇耀過去，只會加速那個民族的衰敗萎縮。

親愛的客家人啊！要解決我們所有的問題，其實只能從改造自己做起！

——原載一九九一年五月《民俗曲藝》七十一期

作者簡介：

劉還月／台灣新竹客家人，一九五八年生，第十四屆吳三連獎得主。專事台灣民俗田野調查，一九八七年與林經甫共同籌設臺原出版社，並擔任總編輯。著有《台灣土地傳》、《台灣歲時小百科》等多部作品。

新客家人的條件

——引領客家族羣走上新方向

一個徹底民主自由化的社會，
是各族羣得以自主當主人的最佳保證。
語言不再受歧視，
文化可以各自自由發展，
政治上更能爲少數族羣拓展空間，
有能者服人而不分族系，
在公平的社會中，
個人的能力將獲得全民的認同，
並超越族羣、語言的藩籬……

■陳秋鴻

在客家同鄉聚會的場合，經常會邀來這樣一個演講的「大老」，開口由「五胡亂華」，說到客家人是中原逃避戰亂南徙的「達官貴族」，又以十分荒誕的證據千方百計要證明「純漢人」，更以陳腔濫調，牽親拉戚，舉出洪秀全、孫中山等歷史人物來炫耀，這還不夠，也把今天的李登輝、李光耀、鄧小平……等也收攬做為沾光的對象，可笑的是（也是可悲的），這些歷史人物，或現代政治人物卻從未承認他們是「客家人」，他們心中是否認同客家人更不得而知，這也罷了，這些老舊客家人，卻以挖掘誰有客家血統為職志，十年如一日，樂此不疲。

何以這些客籍「大老」要如此舉例？是否要用前人的光輝來照亮自身的黯淡，或要以今天的「名人」來掩飾自身的怠慢？抑或真有心要以前人或今天有「成就」的客家人來鼓勵我們力爭上游？或是下意識要掩飾自卑？

以強調其他客家人的成就來掩飾自己的怠慢，或在前人陰魂的庇蔭下，過著數十年如一日的保守、自卑、退縮、怕事、消極的這一些「老舊」客家人，新的客家人的出現、凝聚，此其時矣！切切實實的反省，調整自身族羣的位置，不卑不亢，自重自尊真真實實地做為現代的客家人，在回應時代變遷，我們應有一種心理準備，更有必要認識，什麼是一個新的客家人所應具備的條件。

一個人的出生，無法由其本人來選擇或決定，生在富裕的美國人家庭中，或生在沙漠帳篷中的巴勒斯坦人，在出生的瞬間，已由其父母所生存的環境來決定，不計貧富，環境的優劣，是人類繁衍下去的一環，一個人類的誕生，既然無由自身來選擇，人生而平等的觀念就必須確立，是人與人之間互相尊重的基本條件，是人類所必須追求的基本人權之一，而出生的尊嚴是不同種族在「零」為基準的比較，沒有高下、尊卑、優劣之分。

台灣的客家人在強勢人口與政治雙重的壓力下，為了求職、生存，不得不隱藏自己的出身，甚至於碰到自己客家人也不再用客家話的悲慘地步，這些現象由第三者看來似乎就是所謂的「自卑」，然而，筆者不能完全同意這種迫於環境而產生的現象謂之為「自卑」。

我們正在痛切地反省要如何做一個新的客家人的同時，要如何做為台灣的主人之時，我們有義務在認同的土地上與其他語族共同打拚之時，也有權要求強勢族羣尊重我們，退一步來共同反省，是否有意無意之間傷害了其他語族的尊嚴。舉一個例子：當抬出吳濁流、鍾理和、鍾肇政……等人時，他們都是台灣出身的台灣人作家，說是台灣人的光榮，正好許多傑出的台灣作家又是客籍，我們雖不必把台灣作家分為客籍，或福佬籍，但客籍台灣人以他們為全體台灣人做的重大貢獻，希望大家知道他們是客籍台灣人是自然的事，但令人納悶不平的事，換了另外一種場合，卻習以「我們台灣人，你們客家人」或「台灣話」就是「福佬話」來區分客家話。客家話變成不是台灣話，表示這種不滿的時候，他們才會說「啊！廣義的台灣話也包括客家話！」

強調出身的尊嚴、文化的維繫，母語在這當中是族羣藉以認同的十分重要的因素，我們常說「沒有客家話，就沒有客家人。」但卻不是

●台灣是我們流浪的終站。（劉還月／攝影）

絕對的因果關係。反抗「國語政策」，提倡母語教育，是族羣綿延的要素，與其他語族溝通用第三種「共通」的語言為工具沒有什麼不對，但我們卻十分看不起明知彼此是客家人，也都會客家話，卻不知何故不說自己母語的客家人。

客家台灣人的未來實無法預測，我們今天如此憂心，主要是故鄉還有活生生三、四百萬的客家人的尊嚴權益未受尊重，如果台灣成為一個民主、法治、平等沒有壓迫的國家，族羣的興衰將只是族羣自身每一份子的努力的問題，今天我們在做的努力是以台灣人一份子的責任，一同做解除壓迫的工作，台灣的各種如不上軌道，單為自己族羣爭權將是事倍功半甚至是不可得，但如果台灣徹底民主化，國家人格確立，爭少數族羣的權益與保障將會是事半功倍，甚至是順手可得的東西，因此，我們必須認清什麼是我們的第一優先考量，即是，與各語羣共同為台灣的前途打拚才是爭自身族羣權益，尊嚴保障的最短途徑。

原鄉情結，是先祖在離開原地的懷鄉感情，是一種類似Home sick的感情，三百年後，生於台灣，長於台灣，未曾踏過「原鄉」的客家人還傳承祖先的「想家」實不可思議。

客家人源頭雖同，但流浪各地之後，歷史發展迴異，雖同是客家，但不能以此做為利害一致的依據，中國的客家人屬中國人，南洋的客家人應屬當地，台灣的客家人是當然的台灣人。不同的地區的客家人，彼此不能取代，是可以斷定的。因此各地散居的客家人，應割斷原鄉臍帶，脫離母體。要健康成長，就應認同立足當地，努力去做該地的主人，才是生活之路。要撫平懷鄉情感，最落實的辦法是環顧生我哺我的土地，台灣客家人的原鄉就在自己踩著的土地上，客家人的原鄉在台灣，台灣是我們流浪的終站，有了這樣的認識，所有的「情」與「結」都能迎刃而解，才會開始關心環顧自身週遭正在發生的一切，並思考今後努力的方向。

一個人或一個族羣要獲取自主性，必須要先除去外在的壓迫或支配的來源。

台灣的統治結構，其權力是由上而下帶有濃

厚殖民色彩的專制性格，在這樣的架構下，除了少數統治階級之外，四大族羣都成為受壓迫受支配的臣民，反民主的體制是族羣問題的主要禍源，這個「超族羣」機構，可以設計分化政策，可以挑起「省籍意識」，可以挑起語言矛盾，可以用地方的政治分配，來使各語族互相牽制猜忌，自己卻高高在上，像操控木偶戲的手指，隨其所欲！

在全體台灣住民未獲自主之前，包括客家台灣人在內的各族羣，無法遑論單獨自主，客家人的自主要在四大族羣共同當家做主之時才能實現。一個自主的人民，有百分之百的發言與決定權，只有在這樣的條件下，各族羣才能有充分的條件，發展各自平等自主相互交流，以及自由發展無束縛的舒展空間。

一個徹底民主自由化的社會，是各族羣得以自主當主人的最佳保證，既是，語言不再受歧視，文化可以各自自由發展，政治上更能為少數族羣拓展空間，有能者服人，不分族系，在公平的社會中，個人的能力將獲得全民的認同，能超越族羣、語言的藩籬。

由以上的觀點來看，台灣社會的各種不健康是由病源所產生的症候羣，其真正的病根在於政治結構還保存著由上而下，以及虛構台灣為中國的一小部份以便於法統傳承，做為統治的手段，是長期壓抑民主的結果。只要這個「超族羣」超人民的統治存在，包括所有族系在內的人民便無法當家做主，故此客家台灣人所應努力的方向就非常清楚，要做真正的台灣的主人，就應先打破這個「超族羣」權力機構，還政於民，徹底民主化！

新的客家人是以客家為傲，心懷客家，與其他族羣共同做為台灣的主人而打拼的一羣人，是想以新理念，將整個族羣帶上新方向而努力的一羣，是做一種比加入反對運動更為辛苦的一羣人！

作者簡介：

陳秋鴻／新竹縣關西鎮人，中山醫學院牙科畢，美國紐約大學齒科臨床，現為美國齒科醫學會會員，並執業齒科。曾任台灣民主黨建黨委員、美東台灣客家同鄉會創會會長、北美台灣客協首任會長。

當客家不再客家

——當代客家運動的反省

客家應從遷徙文化中蛻變出來，
從一再流浪的心態，
調整爲定居固著於台灣的主人，
貢獻給土地優秀的族羣特質，
當客家不再是客家，
把這裡當作永遠的家，
才是客家人的首要課題……

■彭瑞金

就在台灣開始風行說「台灣話」的時候，客家人才猛然警覺自己被台灣遺忘了，因為有些人以「約定俗成」的理由，堅持的、理所當然的「台灣話」，竟然是客家人不會說，也聽不懂的語言。想當然的，「台灣話」詞語裡所謂的「台灣人」，也必然沒有客家人的份了。本來具有本土化意義的母語運動，卻暴露了客家人是台灣社會邊緣人的殘酷現象，難怪一向被認為最溫順、最「合作」的客家人，也忍無可忍，破天荒地為「還我客家話」走上街頭。

客家人因「台灣話」而赫然發怒，是生氣自己被剝奪了台灣的主人地位，至少是不受尊重的主人，進而想到要站出來講話、爭取自己的權益、反省自己族羣的語言、文化，乃至去探索、重建立族的精神堡壘。這是好事一樁，意義是正面的。不過，當前的客家人或賴以支持客家人存在的客家文化問題，應該不只是爭取說客話的權利而已，當整個大時代變遷，特別是來到台灣的客家人，即使是受到外力的壓迫，業已有四百年放棄再遷徙的歷史，那麼，最重要的「客而家焉」的族羣精神，顯然已不存在時，客家人要用什麼來支持自己的族羣標誌呢？說客話嗎？唱山歌嗎？以客家話做為族羣立族的依據，未免太薄弱了吧！

■唱唱山歌，講講客家話，就能保存客家族羣於不滅嗎？

顧名思義，一千五百年來，客家民族並不是以客家話、唱山歌，或是以血緣為立族標示的，而是以遷徙得名的。也因為遷徙的背景、過程，充滿艱苦、辛酸，客家人仍堅持不畏遷徙、拒絕土斷、拒絕通婚、拒絕在異鄉生根，於是樹立了堅毅不屈的「硬頸」客家的主要精神，客家人不惜以飽嘗艱辛、不怕死、不屈服的遷徙，來堅持族羣此一信仰，遷徙曾經是客家立族之精義所在。可見說客家話、不與外族女子通婚、刻苦耐勞、勤奮節儉……，這些客家人特性，其實還是導源於遷徙。東移到台灣的客家人，可能有一大部分原因是受制於海島的地理因素，儘管已有好幾個足以構成再遷徙的理由，卻仍放棄遷徙。易言之，事實告訴客家人，台灣已經不再是客家時，我們這一代的台灣客家人，還要以什麼來堅持我們的族羣標示呢？

唱唱山歌，能再激起我們的族情嗎？講講客家話，就能喚醒我們的族魂嗎？我知道，當我們不再講客家話、不再唱山歌，台灣的客家人很可能會步上平埔族的舊路，被其他的族羣同化而消失，但也不會有人天真地相信，僅憑「侄愛講客話」、「侄愛唱山歌」就能保存客家族羣於不滅吧！當前的客家運動，以還我母語發端，固然是對族羣潛藏的危機，發出一大警訊，卻絕不能說這就是全部客家問題的樞紐吧！

有位海外客家同鄉會的會長說，只要客家人聚在一塊，唱唱山歌、吃吃「糍粑」，就可以把客家人的精神喚醒，真的嗎？真的可信嗎？還有一位可愛的客家人國中校長，自訂「家規」，規定學生至少要會唱兩首山歌，音樂才能及格，自認這是對振興客家文化極可靠的方法。客家文化的問題，可能由這麼浪漫的途徑達到嗎？我懷疑，離開山林、脫離曠野，走進音樂教室的客家山歌，能夠唱出多少客家風情？

如果我們不從客家人不再客家，遷徙文化已面臨巨大變革的根本源頭去思考，做總的檢討，客家人恐怕還是很難從「客語運動」裡檢討出，真正可以在台灣社會坦蕩行走的路來。坦白說，也唯有台灣的客家人覺悟到客家人不再客家，已經不是在他鄉作客，才能找回自己對台灣的主人心態，並在這樣的主人基礎上，重新開展客家課題；否則，懷抱不切事實的作客心態，又要抱怨不被認同為主人，就要陷入解不開的精神矛盾中了。

■發揚族羣的特性、優質，並進而發揮其影響力，才能為客家振興運動找到新的定位。

也許，不可否認的，客家人的歷史證明客家人不愧是極其優秀的族羣，由於客家族羣的形成背景充滿危機，歷盡艱難，要不是有不少過人的族性，自無法堅持十幾個世紀，經歷一千多年的考驗，新的客家人運動，設若定位在發揚族羣的特性、優質，進而期許發揮這些特質的影響力，以此貢獻於整體的台灣民族，我想這樣不但可以避免擴張與台灣其他族羣之間的嫌隙，也才能為客家振興運動找到新的定位。

當然，客家人講客語就是一種區別意識衍生的行動，這也就是把語言做為單一而主要的族羣運動目標，並不妥適的原因，客家話不能像少數擁護福佬話的人士那樣，以操福佬話人口佔總人口百分之七十的理由，將福佬話和台灣話畫上等號，而片面統一了台灣的語言，但也不合適硜硜然地在語言問題上意氣用事，只要海水繼續圍繞著台灣島的四周，島上的人自然有智慧去化解各族語間的歧見和歧義，只有對語言演變歷史盲然無知，又不肯虛心去想的人，才會相信我們和一百年前、五百年前……的祖先，說同樣的語言。

客家人爭取說客家話母語的權利，訴求是動人的，也打開了客家人運動的新頁，但是正如人數上的弱勢，恐怕討得了同情，卻贏不了公道，而且也無法把客家人做為台灣弱勢族羣面臨的困境凸顯出來。畢竟，台灣社會的語言主導權並非操之在我，說母語的正當性、正義性，並不能保障客家話克服現實的弱勢事實，與其計較那變動不羈、根本無法膠定的語言，何不從根本上打破由人口數多寡論定的台灣主導權，拿出實有的主權主張來，客家人的語言不容改造，客家人的血緣也不能捏造，客家人的文化特質也不能變造，但客家卻不能不從遷徙文化蛻變過來，從一再移徙的流浪、漂泊的心態調整為定居固著於台灣的主人，將族羣的優質貢獻出來，共同經營這塊土地，才能擁有對這塊土地的發言權；一旦擁有了發言權，用什麼聲音發言，豈不是變得並不那麼重要了？當客家不再是流浪的客家，把這裡當作自己永遠的家，才是客家人的首要課題。

作者簡介：

彭瑞金／台灣新竹人，一九四七年生。高雄師範學院中文系畢業，現任中學教師。著有評論集《泥土的香味》，《台灣新文學運動四十年》，編有《一九八三年台灣小說選》。

加強基礎工程研究

——客家研究的幾個想法

■楊國鑫

台灣這一個多元化社會裡，
客家人要如何與其他族羣共同生活，
在未來政黨政治中，
客家人要如何適時表達自己的想法，
如何在這個政治組織中盡義務享權利，
是一個重要的課題，
而在做客家研究時，
也就無需情懷過去，
是要前瞻未來，參與奉獻……

■前言

近年來關於客家研究，不論在學術界或民間都有愈來愈盛的現象，在中國大陸每年都有好幾次的大型研討會，台灣也有許多類似的活動。至於期刊及專書的出版，這四、五年來海峽兩岸都有不錯的成績，這點頗令人歡欣。當然，關於客家的研究在幾百年前就有相關人員提出，期間雖陸續有人從事研究，但是成果並不顯彰。以台灣而言，自從一九八七年十月《客家雜誌》創刊之後，即有相關研究學者的投入，在量產方面比以往要多，可是在質的方面實在有待加強，所謂質的不足是指對客家人各種層面的了解不夠，研究者很難透視出相關問題的癥結所在，造成了許多浮面的東西出來。如此，願意把這幾年來對於客家相關事務的參與及觀察，以及台灣的政治發展與世界潮流，提出幾個想法，希望這些淺見能使大家更加投入客家研究及關心客家的未來。

■加強客家基礎工程研究

簡單的講，這就是關於客家人各種層面的問題，也就是客家人基本資料的研究問題。舉一例，我們常在同一期間的報紙上，看到對於台灣客家人口數的描述，往往令人摸不著頭緒，可是這個問題卻是非常重要，我們卻無法有一個較接近正確數字的參考值。對於類似問題，我們無法較深較廣的來研究，而就要談論客家人如何，這恐怕就太牽強了，而且時常會造成偏頗的現象。

那麼，客家基礎工程的研究，是要研究那些東西呢？以先天的環境、資料的收集及田野工作而言，對台灣客家的相關事務做進一步且基礎的研究來看，如台灣客家的源流、台灣客家的分佈及人口、台灣客家的居住環境、台灣客家的語言、台灣客家人的特質、台灣客家與近代台灣史的關係、台灣客家代表人物的思考想法、台灣客家人的生活民俗活動、台灣客家人與其他語羣關係、台灣客家人與其他國家客家人的關係……等。也就是說藉助於以上的基礎研究結果，來思考台灣這個地區三、四百年來，客家人在這裡的表現，客家人在這裡如何過生活，當然不論表現的好與壞，生活的悲傷、辛苦或快樂，我們都有必要且有責任，來了解及整理研究過去及現在的東西。

如此，想到這裡，一則以憂一則以喜，喜的是我們已經看到許多民間組織默默在做研究，如客家文字的運用考證等工作，同時也有幾本專書的出版，慢慢持之以恆的做就會有結果。憂的是，一般人對於研究結果的接受是多少，關注的又是多少，這個問題是值得研究人員去思索。另一憂的是，對於整個基礎工程的研究，沒有相關人員或組織的提倡或推動。當然，我們願意以樂觀的心情來看這件事，使得未來的時間，未來的環境，讓我們更加強客家基礎工程的研究，惟有基礎工程的紮實，才能使我們更清楚了解問題。

■客家民族性的謹慎處理

研究一個民系的特性，可說是一種羣眾心理學的表現，一種這個團體的情緒表現，我們有時候可以聽到：「你們客家人就是這副德性。」那到底是那副德行，是不是就是這樣，這是有待商榷的。簡單的說我們不應一竿子打翻整條船的人，也當然不可以給一羣體做一草率的定論。

客家特性的研究，在客家研究中佔一重要地位，相關論文的發表也很多，在此以羅香林氏在《客家研究導論》中的研究來看，他舉出七種客家的特性。羅香林教授（一九〇六～一九七八）是中國近代研究客家的代表人物，對後進者造成相當程度的影響。在一九三三年完成的《客家研究導論》中，提出客家的特性：

(1)客家人各業的兼顧與人才的並蓄。
(2)婦女的能力和地位。
(3)勤勞與潔淨。
(4)好動與野心。
(5)冒險與進取。
(6)儉樸與質直。
(7)剛愎與自用。

羅氏提出七點特性並說明原委，我們今天願以客觀的態度來質疑，客家人是如此嗎？難道其他民系的人不是如此嗎？對於當時的取樣觀察是否足以代表整個民系，以及此一特性是否

●製作傳統客家食品「糍粑」。
▼透過「打糍粑」的勞動，體驗一點客家人的文化。（劉還月／攝影）

即可為客家人所特有的特性，以及在比例或程度上的特性也值得我們考量的。當然，以羅氏而言他當時是儘量以客觀來提出，不過以我們現在來看，是否也可注意到當時的政治環境，他研究的背景與學理環境等。

又以羣眾心理學而言，其形成原因有幾點是很必要的，如民系的生活條件、生活的環境、父兄輩的思維、當時的潮流等。以今天而言，一些生活上客觀因素、參數的改變，其特性是否也有變動，是否我們可以拿以前的表現來認定今天的事實。這是時間因素的變化造成影響，我們必然要注意的，另外如地方、人物、事情的不同也要說明清楚，例如我們到美濃研究當地的客家人，當然不可以同例說花蓮或新竹的客家人必然如此。所以研究民系，在此提出對於人、事、時、地要說明清楚、考慮廣泛，甚至於可以定出有條件的敘述結果，以及一種以小看大的研究方法。

還有一點值得我們探討的，對於民系特性的研究，一個研究者他的情緒是對於結果有某一程度上的影響，就如一個本身民系的研究者與其他民系的研究者對於相關的定奪就可能出現相反的說法，即如一個客家人研究客家人的特性，他是否能把本身是一個客家人的情緒拋開，而做一個客觀的定奪即令人懷疑。當然對於客家的特性，以客家人或其他民系研究者而言，都可有主觀的意識，而都是值得我們參考與研究。在此是想說明，對於民系特性的研究結果，在我們接受的過程中，可以來注意到研究者本身的背景，以及研究者是否謹慎處理其研究結果。

■前人的講法未必正確

在做客家研究時，有一先前的工作，即案上研讀工作，也就是參考前人的研究方法及研究結果，此時我們就要能夠來分析、推演其定論或相關數值資料是否客觀，是否正確，那些是我們要質疑，進而考證，或再次的進行資料收集及田野工作的加強。因為我們自己在下結論或定數據的時候，也往往出現推測、可能、或許的講法，往往因為資料不足，時間有限，田野工作不紮實，可是又不得不下結論，那前人也可能犯如此的錯誤。如此，我們在引述相關的研究結果時，就有必要做嚴密的分析工作，來取捨前人的研究結果是否可以做為我們引述的資料。

在此，舉一個例子，許多的文獻中都說明台中縣東勢鎮的客家人多是使用饒平腔客家話，可是實際去找的時候卻發覺不是這麼一回事。假如後人不去進一步了解而沿用就出現了許多笑話。從這個例子中即了解前人的不小心造成了許多離譜的錯誤，類似這種問題，我們後學者有必要來考證，並改正之。當然還有一個因素，或許早年東勢是如文獻所述也不一定，而時間的改變，人事物也跟著變，因而造成文獻資料時間區隔的正確性，當然這個時候更需要我們來重建與補足。

如此，我們在做客家研究時，有一個重點，就是改正或修正前人的敘述或其結論，另外可有一種因近年的出土資料，而做進一步整理，來補述前人研究的不足，有一種主題持續研究的做法。當然，後人也可能因資料的加足，而再補述，甚至因而推翻你自己的結果，這都有可能，都是值得鼓勵的。

■客家人不怎麼偉大

客家人不怎麼偉大，這句話似乎也不通，其實客家人也是人，就是一種普普通通的人，我們實在不必要強調客家人如何如何，近來有一個想法，就是把客家人退回來，想成是一般的「人」，我們就從對一個人的尊重來看，一般人應有的權利或應盡的義務。假如某一條文的訂定沒有尊重到人，那我們就要來抗爭，例如限制「方言」的使用，這種無人道的壓迫，做為一個人應有的尊嚴掃地，那也沒什麼可談，只有一條路那就是抗爭。當然，抗爭或許會犧牲，如此之犧牲在為人基本尊嚴的犧牲才有一點偉大的味道。

從另一個角度來看，客家人偉大又如何？不偉大又如何？

如以個體而言，整體的表現如何，只會造成個體的自大與自卑兩個極端走向，這樣子的例子，在許多客家人身上都發現，某些人的自大，另外某些人的自卑，更有在同一人身上發現同時的自大與自卑，這些例子就是此一民系悲哀的地方。這種民系精神病的形成自有其原因，也實在很難醫治，因為你是什麼人是先天決定的，在此只提出，尊重你自己是什麼人即可，不必來自卑，更無需自大，做一個實實在在的人，普普通通的人，就如父執輩的教誨—像人一點。

所以，在做客家研究時，不要自我膨脹，在述說我客家人多偉大，哪些人是客家人，哪些偉人是客家人，話說回來，偉人是否為偉人是值得我們深思，又那些人是客家人又與你何干？如此的膨脹法，只有害了你自己，害了整個客家，況且那些人未必就承認他是客家人，你認他，他還未必會認你，這又何必往自己臉上貼金呢？在這個社會裡，就是要互相尊重。自我的膨脹，造成他人的壓力，如此衝突就發生，所以一個互信、互尊的社會，大家要能互相的了解，互相的體認，不要無謂製造緊張空氣，使得大家都不好受。

總之，今天做為一個人，我們像人一點就好了。

■客家人不能釋懷的事情

我們知道，一九八八年十二月二十八日的「一二二八」客家人在台北的大遊行，其訴求主題是「還我客家話」。客家話的流失是有其各種的原因，然而由政策的限制壓迫，是我們不可以接受的，這是我們不能釋懷的事情。

在此遊行之後，有部分人士提議籌組「客家黨」，當然此事最後是不了了之。的確，籌組政黨不是兒戲，牽涉的事務太廣，不是我們可以消化的。

在此，想來看一看一般客家百姓的直接想法，是很贊成組一個團體，用來爭取相關權益。因為他們不會出來選舉，也在政治上無法取得相關地位，他們只想到電視上、電台上的客語節目為什麼那麼少，這個問題相當令他們無法釋懷的，而根據個人的觀察這個問題對在位的客籍人士，似乎不那麼重要。所以一般客籍百姓聽說要「還我客家話」大遊行，參與的人是相當的數目，據報載近萬人。

當然，遊行的效果不容抹殺，可是相關的母

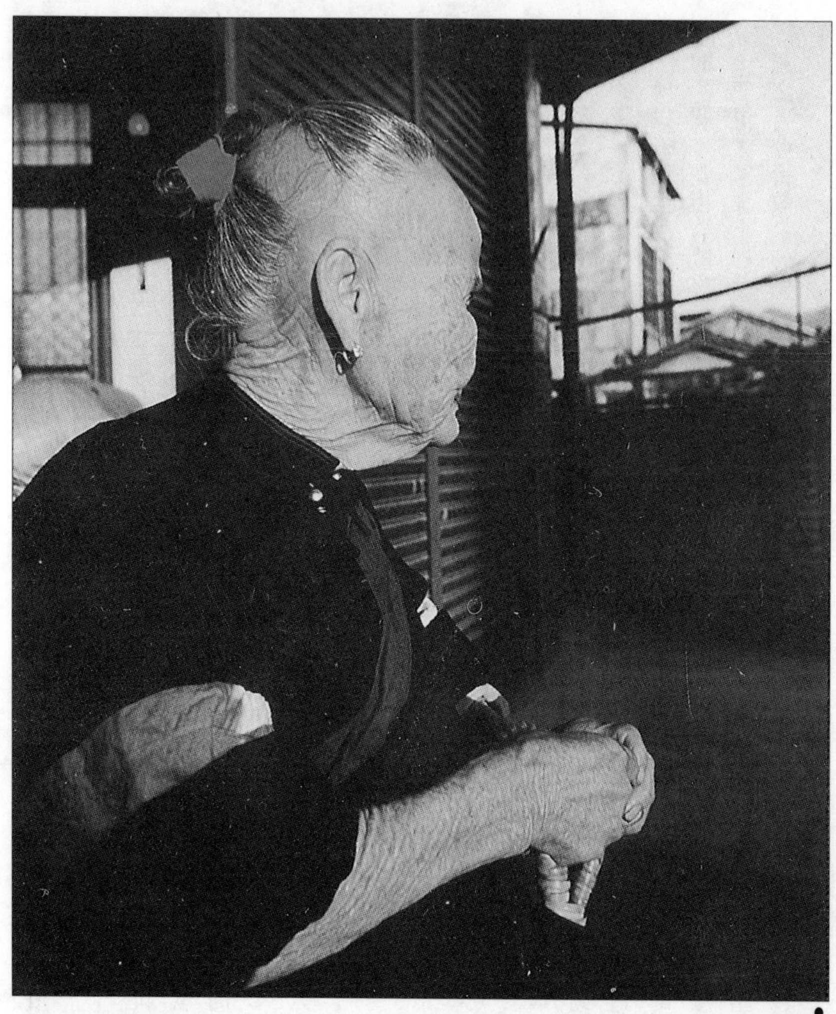

●做客家研究時，不必情懷過去。（劉還月／攝影）

語教育、客語電視、電台的節目還有另一段的困難，這包括母語教育及客語節目的內涵，經費的來源，廣告費的取得等等。另當天有一人士開玩笑說：「今天來遊行的人，每人捐一張千元大鈔，不用遊行，許多問題在經費充裕的情形下得以解決。」當然，這又有另一人性問題的考量。殊不知，在龍潭鄉舉辦的客家大展活動，參觀人數達數十萬之多，認捐「客家文物館」的建構經費，卻達不到目標的十分之一。忽聞附近某鄉鎮的廟宇整建，在短短兩個月內，就憑幾個村里的百姓，馬上就捐出超過預計的五千萬元整建費，這是令相關人士苦笑又很實際的問題。

總之，客家人是相當在意電視及電台的客語節目，在呼籲爭取的過程中吾人發現，中央級省級的客籍代表並不積極，倒是地方鄉鎮的代表或一般民眾，在這方面的爭取較主動也積極，這個現象從吾人收集相關爭取客語節目的資料中得知。在此，吾人建議，爭取客語節目之時，不必要有情緒或做夢的行徑，攪清楚客語節目的問題及困難在那裡，這方面多下工夫，才是有點為客家人之感。

是也，客家話的流失與傳播媒體有直接的關係，然而，要怎麼收穫，先怎麼栽。在爭取之外，我們當更加關心及鼓勵電視電台的製作，更多一份力量來培養電視電台的製作及工程人員，以及加強關注客家歌曲的創作，這些也是客家研究的一部分，這才是我們要努力的事情。

■思考客家未來

台灣的變化可謂一日千里，台灣的政治走向，台灣人們的價值思維，都值得我們來關心來參與。對於身為一個台灣住民的一份子，我們有什麼想法，都可以直接表達。在台灣的舞台上，客家人當有其角色，這角色的認定，是要看客家人的造化——假如客家人選擇當個隱形人，其他人也不會反對，假如要在這舞台上演個角色，是否自己的本質內涵就要加強，以及凝聚力的穩固，才能站定這個角色。

既然如此，台灣這一個多元化社會裡，客家人要如何與其他族羣共同生活，在未來政黨政治中，客家人要如何適時表達自己的想法，如何在這個政治組織中盡義務享權利，這個課題就很重要了。台灣的未來變化如何，將直接影響這個組織下的每一份子，你的能耐如何，你的奉獻如何，自然別人搶不走。所以，在台灣未來走向，政策的制定，客家人要積極的參與，甚至於奉獻心力。

所以，在做客家研究時，不必要情懷過去，要前瞻未來。當然，對於過去在這塊土地上的種種，我們要多下功夫研究，才可以為我們反省，以改進及提昇我們的文化。我們相信路是人走出來的，未來的路要如何走，是我們可以思考的，我們可以來構築的。同時台灣潮流的變化、兩岸關係的發展、世界局勢的演變，客家人要關注、要參與、要跟進、要奉獻。

思考客家未來，事實上就是多參與多奉獻，惟有參與及奉獻才有未來。

■結語

客家研究的幾個想法，是把一些問題提出來，我們能否消化，能否促成對客家研究有計畫來做，當是更多人來共同思考共同努力。

客家研究，更是要一步一步，一點一滴，日積月累，積沙成塔。

最後，以黃卓權先生的兩點建議做為結語。第一點就是，客家研究不是一定要加上客家兩字才叫客家研究，舉凡客家的語言、文化、居住環境……等有關的都是客家研究的範疇，客家研究是很廣泛的，同時要更加重基礎工程的研究。第二點就是，研究客家不得忽略其他民系，因為客家民系與其他民系的往來頻繁，惟有認同其他民系的生存與貢獻，那我們做客家研究才有意義。

作者簡介：

楊國鑫／一九六五年生，新竹縣芎林鄉人，新竹中學、逢甲大學畢業，曾任《三台》雜誌採訪編輯。對於客家之研究肇始於民國七十二年底吳盛智之陽光客家民謠，之後對於客家歌謠、語言、民俗、文化、歷史等做興趣之研究，同時對客家相關事務做採訪報導工作。近年來受作家鍾肇政先生之鼓勵，埋首於客家相關資料的整理與研究，頗有把客家研究做為畢身副業之願，著有《台灣客家》。現任教於新竹縣內思高工。

在台灣史中發現客家史

——《客家風情畫》工作上的新發現

■陳板

客家人，
由於其諸般歷史及社會的原因，
與先住民對比時被分類為「漢人」，
而與福佬人對比時，
總又被劃出歷史書寫範圍之外。
因此，
在讀台灣史的時候，
客家人經常讀不到自己……

台灣的歷史，長期側身中國史的一個小角落。看待台灣的角度經常擺在中原，似乎台灣的歷史目的只為了彰顯中原歷史的光輝。在這樣的觀點下，台灣史的價值建立在與中原關係的深淺上，和中原關係密切的台灣事件，如眾所周知的「鄭成功」、「施琅」與「蔣總統」等歷史事件，才是聯考必考題，而與中原關係遙遠的原住民問題、客家問題、福佬問題和新興的眷村問題，幾乎注定是最冷門的問題，甚至有些連「問」的可能性都沒有。

這樣的台灣史當然寫不出台灣的真實。還有另外一種台灣史，雖然刻劃出差強人意的台灣真實，但卻又囿限於視野的單一，仍舊侷限了歷史的視野。這個台灣史，有的定義台灣三百年、有的定義台灣四百年。幾乎完全忽略了台灣數千年的原住民之存在。不僅如此，即在書寫時間之內的近三、四百年之歷史部分，仍有相當程度的疏漏。其中，最嚴重的仍是原住民部分，其次是同屬少數民族的客家史，以及近年逐漸浮現的外省人的問題。

客家人，由於其諸般歷史及社會的原因，與先住民對比時被分類為「漢人」（對先住民，這是一個壓迫者的同義詞），而與福佬人對比時，總又被劃出歷史書寫範圍之外。因此，在讀台灣史的時候，客家人經常讀不到自己，即使偶然間見到自家的身影，也是被敵視化或一般化（尤其是漢化）扭曲變形的模樣。

近年逐漸開展的客家運動，一直處在相當混亂的局面，在某個角度來看，也可說是多樣化的現象。討論的議題也漸可區分出幾個約略可以辨識的方向，客家人的母語權的問題（雙語教育），客家人的政治態度（有人表示要組織客家黨，也有人試圖超越現在的政治格局，以台灣為關注對象，站在客家族羣的立場介入公共事務，當然還有人運（利）用客家這個符號作為選舉的票房號召令，不一而足）。然而，什麼是客家人？誰又是台灣客家人？這個時代的台灣客家人又是怎麼了？諸多問題一點也沒找到令人滿意的答案。

這些相當基本的問題不解決，不管有多少的宣言或抗爭，對客家運動的未來發展，都沒有舉足輕重的助力。而這些問題的答案，也已經無法在圖書館中找得齊全，也不是單靠幾位客家權威登台向大眾宣揚抽象的「客家精神」便可尋得。

我們恐怕真的需要走向民間，讓長久以來隱遁在社會底層的脈動拍上地面來。

如今強調李登輝、鄧小平和李光耀是客家的光榮，早就是客家人談話中的大笑料了。

近兩年來，受到客家運動鼓舞，揭竿而起的公共電視《客家風情畫》製作單位——懷寧傳播公司，另闢蹊徑，從文化的角度，用影視的專業手法，闖入像謎般的客家研究圈。經歷第一季十集概論式的初步介紹之後，雖也獲得鄉親（不只是客家人，還有福佬人、外省人）的諸多鼓舞，但，似乎也已將過去擁有的客家題材消磨殆盡。

如今，第二季所播出的，是一反過去的作法，採取田野追蹤的方式，摸索在混沌狀態的客家文化之中。而，這個耗時耗力的摸索方式，竟得到了終日鎮守書房的學者專家所難以想像的成績。

《客家風情畫》第二季的製作過程中，在宜蘭業餘的田野工作者徐兆安的引領之下，竟出土了一個新的歷史寫法。眾所周知的，宜蘭開發史乃是由距今一百九十餘年前吳沙入蘭寫起的，一九九一年宜蘭上下熱烈舉辦的「開蘭一百九十五年」轟動的已越過縣境傳達到全國各地。

徐兆安費了四年多的業餘心血，發現在冬山鄉一座三山國王廟振安宮竟指出，很可能在距今三百多年前（早吳沙一百多年）客裔漢人就已經來到宜蘭，並且和當地的原住民泰雅人關係良好。如果這件歷史傳聞屬實，台灣史不是要改寫了嗎？

勤於蒐集資料的民間台灣史家黃榮洛先生甚至挖掘到一項更讓眾人跌破眼鏡的翻案事件。《宜蘭縣志》把記載的圓山鄉頭份村那棵數百年的茄冬「樹王公」當作歌仔戲的發源地，而黃先生竟找到線索，指出當年在樹下教唱的竟是來自新竹寶山的客家採茶名角「阿文丑」。如果黃榮洛先生的意見屬實，台灣的戲劇史也要改寫了。

我們姑且先不斷定這兩個歷史公案的真偽，

在我看來這兩個事件透露了相當有意思的訊息。宜蘭史的書寫（已有人指出新竹史的書寫也是）長期受到居住城市士紳的控制，從未出現第二種可能。而冬山鄉振安宮一帶所居住的客家人後裔，即使已經不識鄉音，卻仍認為自家族羣比吳沙早來；這個說法從未受到重視。

其實，出身蘭陽的小說家黃春明先生早在籌備開蘭一九五慶典之先，便曾以人類學的視野提醒過，不應當把漢人進入宜蘭的年代當作宜蘭史紀元的開始，而應將先住民納進宜蘭史的書寫範圍。

黃春明先生的觀點，和《客家風情畫》在此提供了一個新的視角，讓我們能重新注視自身的歷史。

諸如此類的例子，在製作過程中，一再出現。有時，真替製作單位膽敢向台灣史公然挑釁捏一把冷汗；有時也會覺得台灣史為什麼不是中原人的觀點就是福佬人的觀點心悲。然而，話又說回來，我們怎麼能苛求連雅堂說客話，或鼓吹客家文化？

這個工作現在才做似乎嫌慢了些，但，能夠開始就還有希望。

台灣史還是要一直往下寫的，只不過恐怕要更多人來參與了，《客家風情畫》從客家影視的角度，觀察台灣的歷史，應當不會妨礙台灣史多元的豐厚性吧！

作者簡介：

陳板／本名陳邦畛，台灣新竹縣人，現為老泉工作室負責人，主編《白沙屯媽祖》、《新个龍潭人》二書。優劇場設計總監。黑白書會會員，曾出版書法集《陳腔集》與《陳．年．老．前．衛》二書。參與新竹縣文化中心設計案。

羅香林的客家描述

——重建台灣客家論述的一個起點

羅氏的研究以譜牒爲中心，
成功地將客家族羣，
透過一元論的「源流考」，
描述爲「中原貴冑」，
而其漢族研究，
則是明白的客家中心主義，
並成爲其後客家描述的基本範式。

■楊長鎭

■客家——曖昧危疑的字眼

在近年來時局變動中，客家人或非客家人的客家描述裡，「客家」二字其實是充滿了曖昧、危疑意味的字眼——雖然使用的字眼表面多半是明亮、溫熱，但正因為這種有意識地明亮之、溫熱之，乃透露出字眼底層的政治性焦慮。

客家描述中的焦慮，實是台灣作為一移民社會之整合律動過程中的族羣政治的焦慮——在福佬、客家、外省人、原住民四個族羣中，原住民居於最弱勢，其受壓迫位置至為明顯，故原住民描述可以是明白的、難以隱飾問題的；「外省人」字面上是明確的「外來」，外省人描述便只剩下清楚的認同或不認同。但客家描述就不那麼易於駕馭了，也不是多數，也不是少數；要說她被壓迫是說不清楚，但要說她是壓迫者更說不清楚；至於認同，「客家人『也是』台灣人」，「客家話『也是』台灣話」，這『也是』不正清楚道出客家人不上不下的中間位置之尷尬了嗎！

本文探討羅香林客家學之「中華民族工程學」策略，動機是想藉以正本清源，透過對這位客家學祖師爺的了解，當做對當前台灣客家描述欲進一步分析時的背景。令人驚訝的是，除了零星篇章，客家描述至今未曾形成系統性的「台灣民族工程學」或「本土化工程學」（由此也許可以看出台灣反對運動或本土化運動在文化論述策略上的拙於思考和實踐）。

■《源流考》的各種變形

羅香林是廣東客家人，除了《客家源流考》之外，另著有《客家研究導論》及多種以「中華民族之形成」為主題的研究產品，這兩部分（中華民族形成、客家源流）在羅氏的研究中是互相支持的，並且和當時（對日抗戰期間）的其它民族學、歷史學研究（前者如史語所在中國西南地區之研究，後者如錢穆等的「國史」研究）展現出共同特質：將諸多相異時空中的多元、異質人文現象整合在一規律的、有內在理性的中華民族宇宙觀之中。錢穆《國史大綱》之於中國史，恰如同羅香林的《客家源

●在本土化過程中，台灣當前的客家描述顯得侷促不安。（劉還月／攝影）

流考》之於客家學，都提供了基本方法和價值觀的原型。事實上，陳運棟《台灣的客家人》及近年《人間》、《漢聲》的客家專輯中的客家描述，無疑都是羅香林客家學的變型，也因此，均不得不承襲了與對日抗戰同時成熟的「中華民族工程學」的基因。

自古以來，在現今中國所統治的廣大土地上，居住了許多數不清的民族，隨著古代中國之國家規模的擴張，這些不同民族之間也被人工地建構出系譜關連性。這種建構在不同時代都有共同的一元核心論的模式：對現象上不同之諸多民族，先以「歷史想像」獨斷論地設定其歷史根源的共同本體，並解釋這些不同民族雖現實上有巨大的文化差異（對一元論者而言則是「落差」），但因為有「本質上」的歷史淵源，因此其同化、統合（或者說兼併）是應然的、必然的歷史潮流，才能實現那本體的同一。隨之，帝國的擴大乃取得了意識型態的合法性和道德性。中國歷代為前代修史或修纂方誌，無不在展現此系譜之歷時的及共時的關連性及永恒的、大一統的民族理性。這是「中華世界體系」建立其支配層級的偉大的意識型態發明，並且基本上在西漢末期已宣告成熟，其具體產品即是經過歷代層累地編造的〈禹貢〉。〈禹貢〉架構了大一統或潛在地大一統的中華宇宙，「普天之下莫非王土、率土之廣莫非王臣」，整個世界及一切民族、物產，皆納入「九洲」的象徵系譜中，使民族／地理的人為秩序擬比於自然、先驗的永恆秩序。這個模式在歷代正史的邊族志不斷地主題重現。

■譜牒共有本質性的荒謬

在孫中山早期從事革命時，尚有清楚的「驅除韃虜、恢復中華」觀念，但民國肇造便立即改口五族共和，中華民族的生存領域也隨之擴大到一億一千餘萬平方公里。至少在軍閥割據時，中國尚未有成熟的近代式國族主義——其成熟是隨著抗日戰爭而成熟，與此同時，中國的人文學術包括歷史學、地理學、人類學也以〈禹貢〉原型為暗示，以習自西方的「科學方法」重建中國史地，而在意識型態上建構了近代意義的中華民族。羅香林的客家學正是當時中國民族學翻版〈禹貢〉的「中華民族工程學」的一環。

羅氏的研究以譜牒為中心，成功地將客家族羣透過一元論的「源流考」，描述為「中原貴冑」、「漢族正統」。羅氏的中華民族研究是清楚的漢族中心主義，而其漢族研究則是明白的客家中心主義，並成為其後客家描述的基本範式。

「譜牒」本身原即是宗族社會中的神話政治產物。且隨著宗法社會、封建制度、世族政治的演化史，譜牒也縮結了國家（帝國）秩序與家族秩序。透過譜牒，使生物的血緣被賦予且被改造為歷史、人文秩序，其本質是人為的、政治的，卻企圖使人相信是自然的、血緣的，這就規定了所有譜牒共有的本質性的荒謬：所有譜牒都將血緣溯源到貴族華胄，乃至三皇五帝。譜牒以男性系譜為中心，明白是父系社會興起後的產物，而其究源流於貴族華胄，也有明顯的中古世族政治色彩。羅香林選擇了以「源流考」作為其客家學核心，又以譜牒作為「源流考」之依據，不能說是偶然的。因為只有這個方法最能將原本複雜難決的民族血緣會合整理而呈顯清楚的脈絡，並且納入一元論的中華民族工程學中。

■中華民族工程學的一環

依〈禹貢〉模式，世界都先驗地被規定要納入「王政」架構中，如未被納入亦是潛在地應被納入而現實上尚未被納入；因此，在漢帝國成熟過程中，漢化是正常的，而未漢化則是變異的。當羅香林研究客家時，如果從事共時性上的人類學觀察，難免要發現許多和南方民族的共通點，而使變異的成分擴大。以譜牒為據的源流考正是篩濾變異而強化常態，從而塑造正統性的最佳途徑！

當時史語所科班的民族學研究，都很難避免將研究對象比附於〈禹貢〉或歷代正史邊族志的民族源流，羅香林的客家學不過是當時普遍的中華民族工程學之一環。

他基本上是受傳統中國式學術訓練的學者。類如〈禹貢〉的思維模式是他不自覺地視若當然的，加以當時的歷史情境，正是「中華民族」觀念在中國城市地區和知識階層中漸次深入而成熟的階段，因此，不管基於傳統的理由或當代的理由，都很難避免架構出如此的客家學。

因為對羅香林客家描述缺乏批判與界定，因此，在本土化的政治、社會、意識型態變遷中，台灣當前的客家描述便顯得侷促不安，一方面認為羅氏之說難以動搖，一方面又必須面對變局做歷史性的調整，在典範必須轉移又無力轉移的窘況下，便出現了客家描述中的族羣政治的焦慮。

作者簡介：

楊長鎮／一九六三年生，苗栗獅潭人。中興大學歷史系畢業，東海大學哲學碩士，曾任《客家雜誌》總編輯，致力於客家社會運動之推動，現任立法委員葉菊蘭國會辦公室主任。

保護文化，需要眞正的民主！

——參與「台灣客家公共事務協會」感言

■羅能平

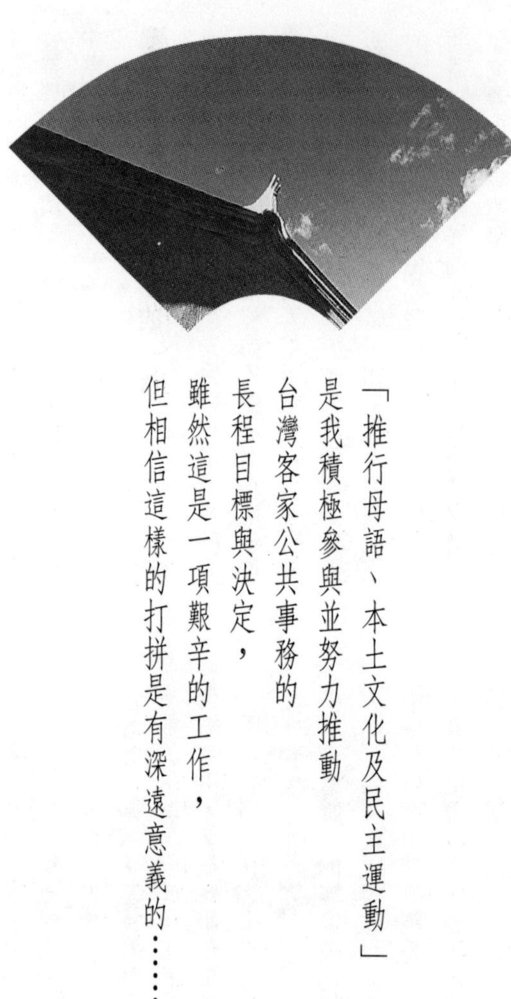

「推行母語、本土文化及民主運動」
是我積極參與並努力推動
台灣客家公共事務的
長程目標與決定，
雖然這是一項艱辛的工作，
但相信這樣的打拼是有深遠意義的……

「推行母語、本土文化及民主運動」是我積極參與並努力推動台灣客家公共事務（社會運動）的長程目標與決心，雖然深知在台灣從事社會運動是一項艱辛的工作，但為了後代子孫的幸福，我也相信我們的打拼是會有深遠的意義及回報的，就如同北美客協陳秋鴻會長來函時所言「人生需要選擇一個自己以為不致白活的目標」。

客家話的人口在台灣總人口數上，說多不多，說少也不算少。正因為如此，在推行客家母語時，往往受到很大的限制，譬如廣播電視，由於其商業化兼以營利為目的，因此不論是政論性、綜藝性或新聞性等節目，皆以北京話或福佬話佔絕對的高比例。客家語節目既上不了黃金時段，又在製作費限制之下，水準也難以提昇，此一惡性循環，將使客家話上電視成為應付了事之事罷了，實難預期會有任何前瞻性的發展。台灣客協深知此非長久之計，於是在鍾肇政會長的籌劃下，於各大專院校積極推動客家研究社的成立，希望全國客家青年學子在課餘之暇，能透過社團，積極參與客語活動，推行母語。我們的原則是，不排斥其他語系的話語，但也不放棄自己祖先的既有資產——客家語，同時，也為一般客家社會人士開辦了兩屆客家夏令營，另一九九二年初春陸續開辦客家文化生活營，期讓更多的台灣人能有機會認識客家文化，進而達到保護且推行母語的目標。

生活在台灣，但對台灣歷史、文化的認識卻僅及於淺薄，令人汗顏。讀了一大堆的書，諸如歷史、地理、國文等，有時想想還真浪費時間。中國號稱五千年的歷史，但在我的認識與記憶中，好像只是一幕幕改朝換代、打打殺殺的歷史，真正影響台灣者實在有限，也不知我們的子孫何時才能停止繼續讀這種無聊的歷史！台灣四百年的近代史及文化是最近才開始吸引我的注意的，特別是《台灣作家全集》讀來令人深受感動，這可要歸功於鍾肇政會長的指導有方。一九九一年七月間曾陪同鍾會長南下彰化參加「台語文研究會議」，得以認識到台語的研究對台灣文化未來發展的貢獻，另鍾會長也提及「福客一體」是他平生最大的心願之一，因而本土文化的推動將是融合各語族的文化成為「台灣本土新文化」。台灣四百多年來，在外來的政權統治下，本土文化的工作者，默默的承受強權的打擊與壓迫，但一代一代的傳承下，也累積了可觀的成果，我們這一代的責任是認識台灣，保護本土文化，如「十三行遺址」的發掘與保護，亟需全民的熱烈參與才能竟其功。除了文學的整理外，音樂也是豐富人生的一部份，喜、怒、哀、樂是最能用音樂表現的，因此之故，我客家籍先輩鄧雨賢作品如〈雨夜花〉、〈望春風〉發表會，已由本會全力籌備並向全國人民正式發表。這些僅為「本土文化」工作的部份，希望在大家的努力不懈下，讓我們的子孫能深入體會到台灣文化的豐富與優美！

台灣目前最欠缺的就是「真正的民主」，這個社會重要的是「先知先覺者」的領導。很不幸，一些外來的既得利益者在此地四十多年來，為遂行其統治，使用恐怖高壓政策，由早年的秘密審判、監禁，到現在的白色恐怖及黑名單，皆嚴重違反民主國家應有的準則。我們努力的目標是打擊不公不義的政權。過去四十多年，此一政權為了推行「國語」（北京話），全面禁止母語（包括客家語、福佬語等），因而如果不能堅持實行真正的民主政治，我懷疑推行母語及本土文化的運動都要再次受到嚴重的傷害了！

藉以此文與我全體會員朋友共勉之！

作者簡介：

羅能平／筆名能平，桃園縣楊梅鎮人，淡江大學工商管理學系畢業，現任台灣纖羅股份有限公司董事長兼總經理。一九八八年間於《自立晚報》〈言論廣場〉以筆名能平發表〈勞動力與國力〉、〈失敗的台 灣人口〉及〈台北交通卻不通〉。

2／客家文學

客家台灣文學小論

——客家文學的界說

■鍾肇政

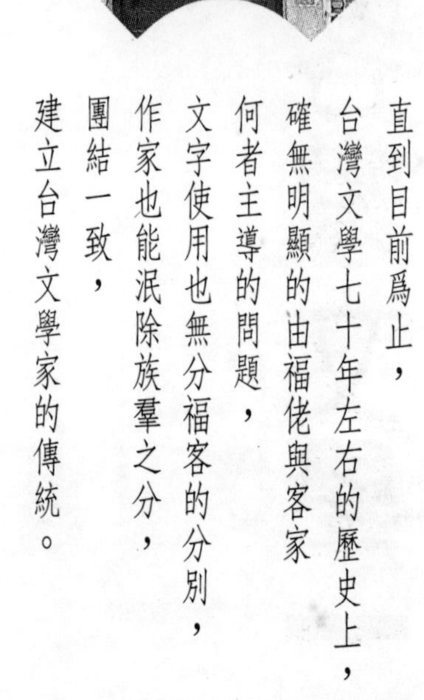

直到目前爲止，

台灣文學七十年左右的歷史上，

確無明顯的由福佬與客家

何者主導的問題，

文字使用也無分福客的分別，

作家也能泯除族羣之分，

團結一致，

建立台灣文學家的傳統。

什麼是客家文學？

客家文學是什麼？

這樣的命題，認真想起來，是很難解說清楚的。就像：「台灣文學是什麼？」「什麼是台灣文學？」，近年來有一部份人主張用純「台語」寫的文學作品，不管運用的是原住民語或福佬語、客語，才是台灣文學。然則日治時代成於台灣作家手筆、運用日語寫成的作品，就不是台灣文學嗎？使現存的多種台語精緻化、文學化，建立語言自主的需求——或許應該說是憧憬來得更恰當也未可知——是十分可以理解的一種努力，然而以現況言，可能採取一種比較寬容的方式，也許更妥當些、適合些。

準此，這裡所標舉的「客家文學」，也就是指成於客家作家手筆的文學作品，至於其所驅用的語言，則似不妨採取較寬鬆的態度，不管所用的語言是一般通用的中文乃至成於日治時代的日文作品，均可不論，一如「台灣文學」一詞，含括日文、中文、台語文作品那樣。

但是，這裡所說的「客家作家」，卻又留有一個爭議點在內。即所謂客家作家，究竟應包括所有的客裔人士呢？抑僅限於操客語的族羣裡的作家？

吾台是個多語系國家。以目前狀況言，北京語——即所謂的「台灣國語」——大體上已是通用語言，人人可以運用自如。然而不管是原住民或福佬、客家，大多有其堅持，自認是台灣人。唯獨一九四〇年代後期始移居台灣的所謂「後期移民」，儘管其中必然地有不少人母語是客語的，也就是說，屬於後期移民的客家作家必然也不少，但是這些作家認同客家，同時也認同台灣客家的，究竟有多少？筆者手頭上從未有過資料。

再者，還有一種是土生土長的台灣作家，由於所處環境的關係而喪失了母語認同甚至族羣認同的客家作家，即一般所謂之「福佬客」，人數似乎也不少而同樣地無法掌握確實數目。這方面，若論前行代作家，最著名的是有「台灣文學之父」美稱的賴和，和有才子之稱的呂赫若。這是迄今為止已有確切認定的僅有的日治時代福佬客作家。至於當今活躍於台灣文壇的這一類作家，也同樣地無法明瞭。

台灣文學無分福佬客家

一九八四年夏間，筆者第一次應邀赴美，參加羈留彼邦鄉親們的大規模聚會，並巡迴北美各地，作了多場演講。在首站——美東夏令會，即碰上了一位鄉親，問我說：「台灣美術界，大部份的畫家都是福佬籍，可是台灣文學界的作家們，為什麼數來數去都是你們客家人呢？」

這樣的問題，筆者前此從來也沒有想到過，因而乍然遇到這樣的詢問，便深覺唐突與訝異。不過略加思索，不免覺得在文學方面，當時被談得較多的，不外是吳濁流、鍾理和，還有就是李喬與筆者這些人，於是乎那位鄉親之所以有此一問，便也無足為怪了。

如所週知，戰後的台灣文學，雖然有過一個短暫時期呈現百家爭鳴的局面，但也由於兵禍甫熄，社會處在劇烈變局當中無法安定，因而未有較可觀的作品出現，其後則是二二八以及繼之而來的白色恐佈年代，言論、思想受到最嚴厲的壓制，遂使人人噤若寒蟬，作家們僥倖

●素重文風的客家人是否創造了客家文學？（劉還月／攝影）

逃過劫數者，隱藏身份唯恐不及，遑論從事創作。加上語言及表達工具之由日文轉換成中文，一時尚無法適應，乃形成台灣文學的斷層，必俟進入五、六〇年代，新起的戰後第一代作家出現，始漸漸有新的作品出現，承祧台灣文學一貫的薪傳。

六〇年代，吳濁流毅然決然發起了《台灣文藝》，形成戰後台灣文學第一個凝聚點，吸引了絕大多數的當時台灣作家參與旗下。其中，福佬與客家約略參半，說是客籍作家主導了這一段時間的台灣文學，大概不算太勉強。

然而，如果我們把眼光投到更早的年代，則二〇年代自台灣文學發軔到三〇、四〇年代進入初期開花結果，即令有賴和及呂赫若等人各領風騷，儼然為斯界領袖，但他們都是福佬客，而在日治時期嶄露頭角的吳濁流及龍瑛宗二人，卻需到三〇年代後期才出現。換一種說法，此時期的台灣文學主要由福佬作家領航，應該是無可置疑的。

——走筆至此，忽覺上述的由何者主導或領航等說法，不僅事屬勉強，抑且幾近無聊。因為直到目前為止，台灣文學的七十年左右的歷史上，確無明顯的福佬與客家由何者主導的問題，並且戰前之主要以日文為表達工具，戰後之以北京語系中文為創作文字，皆為外來語言，已是無分福客的狀況，而作家們也多能泯除族羣之分，團結一致，建立台灣文學，這也正是台灣文學的傳統之一。

■客家風情，躍然紙上！

運用外來文字工具從事文學創作，這誠然是一件很特異且艱難的事。但是，說起來這正是台灣文學、台灣作家的宿命，實在是無可奈何的事。因為百年來，台灣一直是在外來政權的殖民統治下，過著無法自主的生活——一八九五年淪日，一九四五年擺脫日人統治，號稱「光復」，而究其實，國府接收，依然不脫殖民方式的統治，於是乃有台灣作家註定無法用母語創作的事態出現。

儘管如此，始自運用日文的吳濁流、龍瑛宗，乃至稍後驅遣中文的鍾理和、鄭煥、林鍾隆以及更後的黃娟、江上、李喬等等，一路傳承下來，台灣客家的風味，莫不躍然於字裡行間。

譬如以日文創作的吳、龍兩家，不論寫景敘情，在在顯露著客家地區、客家人物的特色，即令未明言交代，明眼人仍可窺見屬於台灣客家的人情風物。至於用中文的，除了情狀景色有著相同的情形之外，大體上每一位作家都或多或少地在中文中織入母語詞彙，一眼可以分辨出係屬於客家語詞，構成客家作家的作品之特色。

筆者即有諸多這方面的親身經驗。遠在五〇年代初涉創作，每每於握管之際，恒常痛感到要使所寫人物活靈活現，非運用若干客語語彙不可，尤以對白為然，於是千方百計，在行文或對白裡織進客家人的口頭俚語，以求口吻貼切的功效。眾所週知，台語中不乏有音無字的口語，福客皆然，因而這方面的嚐試，往往需費盡心力，卻仍有吃力而未必討好的狀況出現。但是這麼做的時候，有時也會贏得一些鄉親的讚許，表示每次看到這一類用詞，便覺特別的親切。

大約六〇年代後期起，接受完整中文教育的一代，漸漸加入台灣作家的陣容之中，人數之多，遠非前此寥寥可數的情形所可同日而語。由於這一輩人從小被納入國民黨制式教育體系中，在一元化的獨裁作風下，不僅「國語」漸趨生活化，並且在獨尊「國語」的狀況下，各族母語受到嚴厲的壓抑，淪為低俗、低水準、受蠘視的「方言」。也因此，在他們筆下，北京語系的「台灣國語」文更見純熟。戰後第二代、第三代作家的文筆，大體類此。

這樣的，可稱為戒嚴體制下的文學，儘管長達數十年之久，然而根據筆者個人長時間的編輯經驗，較年長的作家之不能忘情於在行文中織入母語語詞的情形無時或釋已如上述，即使是受制式教育成長的一代，偶而在文章中亦可散見這一類語詞，寫人狀情，往往能曲盡其妙，可見縱使在那樣的高壓統治下，「母語情結」仍然是無法斲傷的！

■台灣文學本土化、母語化

一九七〇年代後期，大致上可以說是台灣政

●美濃客家民宅上的門聯內容，飽含文學氣息。（劉還月／攝影）

●竹田的客家民宅，創造出另一種風情。（詹慧玲／攝影）

治氣候萌發變動的時期。先是黨外運動在層層監控及嚴厲打壓下轉趨激烈，文化方面亦有鄉土文學論戰之如響斯應。繼之而來的美麗島事件雖然造成大規模的殘酷整肅，但其後反彈的力量也以等比之勢與之抗衡，至於台灣民氣之提昇更已成莫之能禦的狀況，乃有八〇年代後期的解嚴、報禁黨禁解除等獨裁體制瓦解、崩潰等大變革出現，本土化的呼聲也隨之響徹雲霄。

在文學上，這種變革也帶來深鉅的影響。首先是文學工具本土化的渴求及實踐——簡單歸納成一句話，便是「台語文學」的建立。

此處的「台語」，不用說是指台灣各族羣的母語，即原住民語、福佬語、客語。其中原住民方面由於有九種不同部族，語言各異，因而建立原住民各族的母語文學，恐怕尚需一番艱苦掙扎——原住民母語之流失無疑是最嚴重的，值得大家來關心，來重視。其他福佬與客家兩種語言，由於近年來有不少熱心人士從事整理與研究，已頗見成效，字典、詞典等工具書也出版了多種，對台灣文學的本土化或說母語化，大有助益。

福佬語文學方面，嘗試性的創作出現文壇，已有多年歷史，近年風氣更熾，客語方面雖然稍遲了一步，但也漸有成果呈現出來。不過有一點是無法否認的，那就是這兩種語言的創作，大體上仍在實驗的階段，並且作品也以詩或短文為主，短篇小說作品已是鳳毛鱗角，遑論篇幅較大的長篇小說。

以目前情況言，在作品中溶入母語語彙、語法，以求文章的更活潑、更多采以及更多的鄉情乃至民族情感，似仍不失為可行之道。然而平心而論，文學作品的語言乃吾人終究必需面對的問題。筆者素來深信台灣文學是獨立的，一如日治時期她從未曾是日本文學的一環，現今仍舊是獨豎一幟的。前文裡亦曾提及，縱令她在統治者的壓制下不得不運用外來語言以為表達的工具，然其基本精神依然存在，保有獨特風貌，並且一以貫之，從未動搖！

我本客屬人

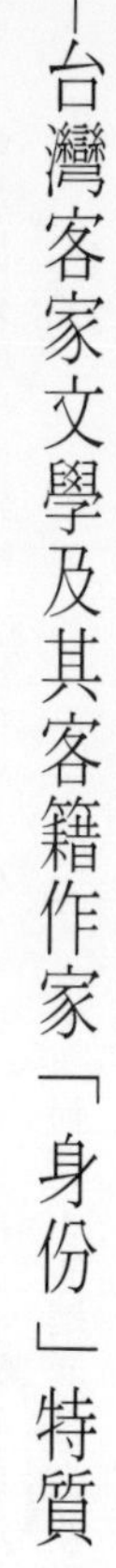

——台灣客家文學及其客籍作家「身份」特質

■黃恒秋

在台灣的舞台上扮演中間角色的客家人，
在這關鍵性的年代，
應運用客家文學的利多，
擲地有聲的將現代文明的基礎，
記錄於明天的文化看板上，
客籍作家們，
千萬請勿缺席！

■何謂「客籍」作家？

在台灣，或者曾經生活於台灣這塊土地上的文學作家們，以族羣的類別來辨識，客家人（HAKKA）及相關文化工作者的身份，必然會彰顯於整個台灣文學的歷程上，而且具備一定的特色及份量；所謂「客籍」，在語言文化方面代表以客家話為傳承、溝通的符號，在民系特性上則以堅韌、儉樸、強悍為本色的羣體，以生存社會而言，則是分佈於桃竹苗並包括東勢、六堆、花東等地區的一、二次客家移民為範疇的生活場景，這些「身份」特徵的構成條件，在當今族羣多元融合的實際考量方面，當然也包括一些擁有客家血統，但卻不一定具備客家認同的民眾，他們貢獻於文學的心血，從看似可有可無的「身份」抉擇到文學視野的開展所釋放出來的美感經驗，值得吾人玩味再三：

第一個類型　土生土長的客籍作家
第二個類型　福佬客作家
第三個類型　外省客作家

上述三種類型的客家作家，基本上絕少「省籍」的地域觀念區隔，客家人號稱世界性的族羣，從歷史背景或現實生活的差異而有所分分合合，正因為逐漸向「落地生根」及「命運共同體」的台灣做反哺或批判的演練，引申出一些特殊的寫作基調與文學風格，實乃理所當然。

㈠土生土長的客籍作家

本土性強烈的客籍作家，往往依附於台灣悲情歷史的時空中，從日治時代被殖民的抗爭到當今在野本質的堅持，歷經客語、日文、中文等等教育思維的變遷，形成小說文學中最出色的一羣。

戰前，首先登場的龍瑛宗及吳濁流，均是精通日文而崛起台灣文壇的客家人，作品產量相當可觀。

吳濁流（新竹新埔人）的出現是一個典型的範例，他精通日文並以詩人自居，在日式體制下提出《亞細亞的孤兒》——一種「孤兒意識」的台灣人探討，戰後（光復後）陸續完成《台灣連翹》寫二二八，《波茨坦科長》、《功狗》寫台灣人醜陋的扮相，在他跨越幾十個雜亂年代的歲月裡，執著地為台灣——尤其是日本帝國主義宰制下的歷史做見證，從吳濁流身上，我們不妨稱之為客家鐵血詩人的作品中所凸顯的「反壓迫」屬性，造就了台灣文學傳統中最重要的特色；延續著對台灣史悲劇性的抒發，從日治時代到白色恐怖，從台灣話文運動（一九二四年）到客家人「還我母語運動」（一九八八年），累積為台灣文學足供傲世的文化資產。

在這個背袱傳統情境，並以大河小說寫作著稱的客籍作家當屬鍾理和、鍾肇政、李喬等人，也就是戰後第一、二代的重要作家。鍾理和以其沈鬱平實的筆觸，代表作《笠山農場》及許多描述當時農村景象的作品，成功地將勞苦農民、客家婦女的形象塑造出來；鍾肇政的重要作品《濁流三部曲》、《台灣人三部曲》等，所描繪的台灣及台灣人樣貌，黑暗中仍隱含光明的希望，透過長篇巨幅的詮釋與探索，映照著李喬《寒夜三部曲》：《寒夜》、《荒村》、《孤燈》向各個時代挖掘的組合，有異族鐵蹄蹂躪下的殘害，夾雜著人性掙扎的曖昧，有威權統治下的苦痛和徬徨，印證著本土子民所思所求的憧憬，客籍台灣作家的身份及生活圈，由始至終在字裡行間閃爍。

前行代作家的表現，當然直接影響著青壯一代詩人作家在取材或主題選擇的導向，相對於出身六堆的鍾理和／桃園的鍾肇政／苗栗的李喬，以新竹籍作家林柏燕、苗栗籍的謝霜天、桃園籍的莊華堂、六堆籍的鍾鐵民、吳錦發為代表的作家，則有大量「對土地眷戀」的小說作品，反應出對本地鄉土情感的關照，這種設身處地的推敲，一如我們所統稱「土生土長」的客籍作家的命題，他們已喪失像先民移墾台島的勇氣及熱情，轉而向生我育我的這塊土地投注並奉獻，展現出客籍作家不容忽視的力量：

㈠對客家母語嚴重流失、客家庄文化體系被摧毀的自我體認，轉換為對更弱勢的族羣——原住民的憐惜及關懷，例如：早期鍾肇政《川中島》等高山組曲作品，以及近年吳錦發所編印的山地文學專集和論述、劉還月報導「平埔族」的田野調查等，成績斐然。

㈡對家園鄉土呵護及保育的重視，除了以利筆為刀劍的抗爭之外，又如鍾鐵民挺身而出反對美濃水庫闢建、范文芳（新竹籍）堅決反核立場，曾貴海（六堆籍）的環保行動，陌上塵、鍾喬（苗栗籍）、蕭新煌（桃園籍）的勞工運動或弱勢關懷，儼然有作家論政的態勢而咄咄逼人。

㈢又如藍博洲（苗栗籍）專注於台灣民眾史所選述的《幌馬車之歌》、《沈屍、流亡、二二八》、《日據時期台灣學生運動》等，彭瑞金（新竹籍）戳力於台灣文學史的構築，徐仁修（新竹籍）的自然主義報導，林清玄（六堆籍）的禪與佛學著述，均可謂獨樹一幟，成就不凡。

㈣善於文學翻譯的隊伍：梁景峯、彭鏡禧、張芬齡、余阿勳、黃毓秀等，各種文類兼備。

㈡福佬客作家

被譽為「台灣文學之父」的賴和，後人整理其遺作時赫然發現一詩云：

我本客屬人，
鄉語竟自忘，
戚然傷懷抱，
數典愧祖宗。

顯然賴和屬於被福佬化的客裔作家，在台灣因為客家人口居少數與福客混居二大現實因素的交相作用，許多方言紛紛被同化，賴和感歎「身份」之作，就是福佬客作家的寫照。

另一個大家耳熟能詳的福佬客作家，則是編撰《台灣通史》的連雅堂，連氏祖籍福建龍溪，實乃客裔身份，其著《台灣語典》影響本土話文研究甚大，但皆屬福佬語系，這種情況跟賴和留存許多福佬語作品有相似的遭遇，「客籍」身份沒入「福佬籍」文化屬性中，因而客家情懷相當稀薄。

相近於賴和、連雅堂在文、史上的位階而卓然有成的「福佬客」作家應數：㈠宋澤萊，宋氏小說著作甚豐，其中《打牛湳村》應是「大牛欄村」的變調，兩者剛好對照著福佬話和客家話的語誤，而《弱小民族》、《廢墟台灣》及詩集《福爾摩沙的頌歌》等則有頗多諷詠本土的篇章，宋澤萊為雲林二崙人，當地大部份

●美濃客家人種下煙草的幼苗。
▶十二月至一月份是採收煙草的季節。
◀煙草進入烤煙室處理。
▼金黃色的煙草，是往昔客家人重要的經濟來源。
（劉還月／攝影）

為操詔安話的客家人；㈡張良澤，自稱客裔並長於文學整編的張良澤，其刻苦、專精的研究風貌讓人印象深刻，在劇烈變動的時代脈動中，刻劃出知識份子面對七〇年代鄉土文化論戰、八十年代初期美麗島事件之後台灣意識論戰的激盪，張氏為台灣文學作家立典範的作為，自有其貫連文史的中介地位。

㈢外省客作家

國民政府遷台前後來台或誕生的第二代文學作家，在中國原鄉的「客家身份」突然被歸屬於「外省籍」，一般社會大眾均以「外省客」稱呼，其第二代母語學習及客家認同則日漸模糊，這一類型的客籍作家，普遍具有三大特徵：

⑴絕少參加本土文化活動，內心仍存有「原鄉情結」的糾纏，同時面臨「中國人」、「台灣人」辯證心態的抉擇。

⑵曾經掌控文藝報刊之編輯權，培養新人不遺餘力，例如：林海音、周伯乃。

⑶以劉慕沙（苗栗籍）、朱西寧（山東人）所結合並傳承的「客家」、「外省」雙重身份，在朱天心等新世代作家所呈現的成長經驗與意識型態。

特別值得注意的是：包括陳香梅、張堃、張香華、徐望雲、夏宇等雖仍自認「客家人」的作家言行上，我們很難發覺客家身份的影像，更確切地說，他們在文學創作過程中，「客家」身份已無特別意義，整個視界堪稱更「文藝化」、「超現實化」。

■客家文學發展的三階段

嚴格說來，客家人及其族羣並沒有真正屬於自我的語文學，分析其中原因可歸納如下：

㈠客家人雖重視子女教育，但居家苦讀有成之後，則外出任官或謀生，「車同軌、書同文」的觀念根深蒂固，使得客家人保有話語，但並不積極建設自我獨特的語文系統。

㈡客家人居住地多為山區或丘陵地，工作勞動量付出較大，平時只能以「口授耳傳」的方式，在山歌、採茶戲等歌謠天地中自娛娛人，向文學藝術開拓的閒情雅緻缺乏。

㈢客家先民渡海來台，其間遭逢台海險阻、

瘟疫、番害、渡台禁令、福客械鬥等生存威脅，生活狀況窮困，而且又以「文盲」或「羅漢腳」為主，整個客家社會欠缺文藝寫讀的誘因。

㈣語言為「工具論」的論調，壓低了其所象徵的文化機能，客家人「母語及血統／土地及文化」承傳的認知，不及政治誘惑、經濟鑽營來得實際有力，因而創造語言文化的「客家觀點」極度軟弱。

㈤台灣為多族羣組成的移民社會，在民間人口數及經濟力支配下，客家人不敵福佬人之優勢，在國家政策及教育體制下，客家人融入「國語」的世界相當明顯，客家人及其話語的存在，容易被轉變為強調客家危機感的族羣意識，而疏忽其創新或吸收外來語素的前瞻性。

誠如上述因素的局限，客家語言文化仍能找到一些被認定為文學耕耘的作品，則是混合於「歌謠」、「勞動」或「勸善」的人性自然流露，直到最近十年左右，才有正面介入客語寫作或描繪客家的層次出現，這個醒悟及文化互動關係的演進，可以概括列為三個階段來說明：

一、山歌詩的啓蒙期

二、唸歌的茁長期

三、母語文學的昌盛期

一、山歌詩的啓蒙期

第一個時期，我們稱為「山歌詩」的啓蒙階段。客家傳統歌謠「山歌」，咸認兼具北調的高亢與南曲的淒婉，歌詞多屬七字一句、四句成一首，唱腔一字百折，悠揚而長，客家山歌常見的歌詞主題有三：

㈠農耕或勞動的詠嘆。山歌詞尤喜假藉自然景觀或農耕生活做表現體材，其中勞動責任及困苦民生的「哀怨」十分分明，試以〈落水天〉為例：

落水天、落水天
落水落到偃个身邊
又無遮來又無笠囉
光等頭來真可憐

落水天、落水天

落水落到佴个身邊
衫褲濕忒無要緊
雨水多咧好耕田

下雨天、下雨天
下雨下到我的身邊
又沒傘來又沒斗笠
光著頭來真可憐

下雨天、下雨天
下雨下到我的身邊
衣服濕透不要緊
雨水多了好耕田〔意譯〕

(二)人生的感應。對生命的珍惜或人性的嘲諷，也是山歌詞經常出現的素材，例如下列這首歌詞，藉種植花生（番豆）及吃花生的過程，暗喻人生的繁雜勞苦，深刻而生動：

番豆好食難落頦（頦：喉頭）
又愛割草又愛灰（灰：木炭灰，用作肥料）
又愛剁殼丟落嘴
又愛噍綿吞落頦（綿：嚼碎）

(三)情歌對唱。客家山歌中的情歌佔有極大的比例，歌詞多以比興、對唱來表現，純樸直率，試讀〈老山歌〉一詞：

折茶愛折兩三皮
三日無折老了哩
三日無見情哥面
一身骨頭酸了哩

摘茶要摘兩三片
三日不摘老了哩
三日不見情哥面
一身骨頭酸了哩〔意譯〕

自古以來，山歌均是客家子弟自由填詞的詠唱方式，但因即興歌唱欠缺準確記音、表記的手法，「九腔十八調」的山歌風情卻也獲得因人因地而異的豐盈情趣，成為客家聚落裡重要的發聲媒介。

二、唸歌的茁長期

第二個時期，也就是從山歌詩的型式過渡到「唸歌」的茁長階段，常見的唸歌約可區分為四：

㈠懷古與勸善勵志的歌謠。客家人的倫理道德觀念中，忠孝節義的勸說大多數是「古今觀照」的敘述，受〈昔時賢文〉、〈童蒙字書〉的影響甚大，透過「口述」的唸唱模式，將有限生命的規範記錄下來，僅舉〈勸世歌〉一首供欣賞：

人生道德孝為先
先敬老來後敬賢
爺哀面前行孝順（爺哀：父母親）
貧窮富貴命由天

㈡移民歌詩。描寫唐山過台灣之險阻及苦難，〈渡台悲歌〉應是最代表性的作品：

勸君切莫過台灣
台灣親像鬼門關
百儕入門百鬼纏
喊生喊死又樣般
來到台灣無路行
左彎右斡千萬難
…………（羅肇錦改寫）

這首敘事歌詩的內涵，做為一個移民族羣的愛憎，足以表達先民墾拓台島的時代意義，並且歷歷如繪地見證客家人經常性遷徙的民系特性。

另一個角度來看，台灣客家二次移民的花東地區，也曾出現如此敘述離鄉背井心境的歌謠：

當初因為水打田
過日毋得過花蓮
過來花蓮無變主
流流浪浪到玉里
當初因為田地遭水沖毀

難以度日才到花蓮來
來到花蓮仍然沒法成為地主
流流浪浪到玉里來定居（意譯）

(三)抗日禦侮的篇章。遭受日人殖民殘害、或漳、泉、粵人械鬥、義民事件等恩怨，客家地區留傳有〈六堆邀功記略〉、〈姜紹祖抗日歌〉等篇章，這類詩文詳盡地記述客家人在台灣所經歷的生存權抗爭，以及文化尊嚴維繫的「硬頸」性格，作者大都未見署名（或僅用假名假姓），在某些特定鄉鎮流傳。

(四)兒歌。客家兒歌（童謠）的資產十分豐富，生動有趣絕對不比其他族羣遜色，普遍傳誦於各客家地區的〈阿啾箭〉、〈月光燁燁〉、〈火焰蟲〉、〈羊咩咩〉、〈掌牛仔〉等兒歌，於遊戲及教學之間引導孩童唸唱，飽含活潑、天真的童趣，僅錄〈火焰蟲〉、〈羊咩咩〉二首為例：

火焰蟲　唧唧蟲（火焰蟲：螢火蟲）
楊桃樹下吊燈籠

羊咩咩　十八歲
坐火車　轉妹家（回娘家）
兩斗米　打糍粑（麻糬）
無糖搵　搵泥沙（搵：沾食）

三、母語文學的昌盛期

白話文運動「我手寫我口」的主張及母語解放運動效應的擴散，在本土意識蓬勃開展的八〇年代，現代客家知識份子與文學作家，紛紛展開客語文字化、文學化的努力，為客家文學紮根打底的作業，提供了一個良好的寫作環境，當客籍作家回歸客家情懷，應用客語做創作材料，正統客家文學的面貌便多姿多采起來。

現代客籍詩人作家中，杜潘芳格以其「客家女詩人」的身份，率先嘗試「客語詩」的試煉，緊接著以北部客家人為核心的客語詩文創作，包括馮輝岳、劉慧真（桃園籍）、范文芳（新竹籍）、黃恒秋（苗栗籍）等的作品，陸續各以四縣客話、海陸客話的朗誦聲發表，試以馮輝岳〈轉屋家〉一詩為例：

十過年無轉來
路唇个紅花
毋識个敢怕
一蕊蕊哩搖上搖下
搖上又搖下

每擺出門
都係為到轉屋家
皮箱打開
倒出幾多思念、幾多風霜同繁華
浪蕩个日仔
就像翻滾个海浪花
一滴影跡都無留下

頭擺个隔壁鄰舍
討个討、嫁个嫁
偃今還係一個羅漢腳
又無賺錢孝敬阿姆阿爸
唉

緊爪頭那緊想鑽落地泥下
常係問自家
到底腳步奈位行差

馮輝岳的這首詩作品，表現著出外謀職青年的心路歷程，由「每擺出門／都係為轉屋家」的患得患失，到「到底腳步奈位行差」的自責，回家便成為傾吐自我功過的必要行動，台灣當今城鄉差距的牽扯，結合著後生青年的迷惘，本詩以客語吟讀更見其前後呼應的韻味。

針對風起雲湧的母語文學運動，措詞較長的小說作品，客籍作家李喬、林柏燕等人已有夾帶客語或運用客語語法的痕跡，而鍾肇政新作《怒濤》更大力突破「創作即翻譯」的困境，直接反應四〇年代台灣民眾的語言現象，貼切地「還原」時代原貌的作風：日語、客語、福佬話……交相對話，或可稱為小說界的新示範文體，同時純客語刊物《客家台灣》創刊發行（一九九二年十二月），大量刊用客語作品，影響所及尚待來日評估。

■結語：迎接文學的新世代

客家人有意建立屬於自己的文學觀，充分顯示繼往開來的使命感愈來愈清晰、愈來愈堅實，台灣文學裡的客籍作家必然要亮出「身份」，積極汲取文化母源的養份，投入文學創作再出發的行列，比照著以往用各種名目或標記所完成的成就，客籍作家的付出必定會事半功倍。

目前台灣文學的大環境，平等對待「福佬文學」、「原住民文學」、「客家文學」的立場必須肯定，藉由彼此尊重、提攜的互助互動，各族羣文學的發展才能擁有更多自給自足的條件，讓接棒的新世代作家更能超越歷史台灣的族羣現象，創造出傳世不朽的文學作品。

在這關鍵性的年代，跟隨民主政治的活絡、開放，客家文學的利多，必能涵蓋眾多「族羣本色」的成份，向一座座文學的高峯挺進，在台灣的舞台上扮演中間角色的客家人，更要擲地有聲的將現代文明的基礎，記錄於明天的文化看板上，客籍作家們！千萬請勿缺席。

作者簡介：

黃恒秋／本名黃子堯，一九五七年生於苗栗銅鑼，任《客家》雜誌主編、台灣客協副秘書長，著有詩集《露點螢光》、《葫蘆的心事》、《寂寞的密度》、《擔竿人生》、《見笑花》，評論集《台灣文學與現代詩》，編有《七彩的時間》、《客家台灣文學論》等。

巨濤掀浪掩重城

——解讀鍾肇政的《怒濤》

■黃秋芳

《怒濤》一書，
沿續歷史記實的傳統，
在政治解嚴、二二八禁忌開放後，
從慣常處理的開拓、抗日，
延伸到戰後台灣面臨的歷史變局，
主軸清楚、背景強烈……
可以說，
這是一本了解鍾肇政，
認識鍾肇政作品精神的鑰匙書。

鍾肇政一直住在桃園，可是，極具「通俗閱讀文化」的代表性、並且以托拉斯姿態侵入流行造景裡的金石文化廣場，始終不曾在任何一家桃園店的「作家專櫃」中，陳列這位幾乎可算是標本級台灣作家的任何作品。

和鍾肇政龐大豐腴的作品羣比起來，真正有機會認真閱讀過他的作品的讀者，相對地顯得讓人不滿意也不能接受。我們在形成閱讀文化的「消費管道」和「消費者」的表現裡，長期冷落了這樣真誠的一位文化「生產者」，顯然是不公平的，尤其他得了很多獎，擁有這樣一張華美的履歷：

鍾肇政，一九二五年生，桃園縣龍潭鄉人。日治時彰化青年師範學校畢業。曾任國小教師、東吳大學東語系講師、《民眾日報》副刊主編、《台灣文藝》社長兼主編。一九七九年獲頒吳三連文藝獎，八六年獲台美基金會人才成就獎，九三年以「偶有不合時宜」的附註，獲國家文藝獎。

一生中筆耕不輟。

重要著作有六〇年代的《濁流三部曲》、七〇年代的《台灣人三部曲》，到八〇年代的《高山組曲》，呈現台灣人在各個不同的歷史階段中的生活現實。

《怒濤》一書，沿續這種記實的傳統，在政治解嚴、二二八禁忌開放後，從慣常處理的開拓、抗日，延伸到戰後台灣面臨的歷史變局。循著三個年輕人的愛情與志業，速寫二二八前後的巨大變動，主軸清楚、背景強烈，在「客家人文色彩」、「桃園地域特性」、「二二八史事」和「文學的企圖與完成」各層面，脈絡分明，出版社刻意定位為「台灣文學經典名著」的促銷包裝，倒也不算離題。

可以說，這是一本了解鍾肇政、認識鍾肇政作品精神的鑰匙書。本文將從作品內的人物章節分析，探討到作品外的客家、桃園、歷史、文學等問題，這樣的討論方式，其實只是閱讀《怒濤》的其中一種讀法；至於其餘，當然還有更多的人，可以從不同的方向和可能，讀到更多不同的意見。

壹、怒濤掀浪

一、章節大要

㈠〈序章〉

1.唐山渡海的船，載著甲板上的軍夫、看護婦、學生、農業挺身隊……，以及船艙裡的生意人、接收大員小員等不同背景的人，在登陸台灣以前，飄盪在多風浪的海上。

2.船艙裡的姜匀，在陸維禎的協調下，用豐富的餅乾汽水，招待甲板上兩百幾十個因為「三腳仔」這個罪名準備抓他投海洩怨的飢餓難民。三腳仔的投海威脅暫時解除，憤怒的飢餓同時也得到滿足，他們相互退讓著挨過這段最後的流浪旅程。

3.陸志鈞（維禎侄）將屬於自己的那份餅乾，忿然擲向海中。

㈡第一章〈陸家的晚宴〉

1.陸家的家族譜系，各房身世背景來歷交代。

2.公廳晚宴中，從上桌中透露出老一輩的互動和心事。

3.下桌不同，年輕人的活力糾纏著過往情勢的討論、當下的惶惑，以及從語言變動裡預知到未來的殖民悲哀。

㈢第二章〈平安戲〉

1.參加過姜匀邀約的平安戲晚宴後，志麟隨志騏回去過夜，見證著戰後農家的各種窘迫。

2.從志麟和志騏的夜話中，特寫志鈞拒絕姜匀夜宴的氣節崢嶸以及志麟和東京孤女間的精神愛。

3.回顧姜匀夜宴中呈現出來的兩岸差異。遲到現象、名實差異，以及長山韓萍的肆無忌憚對照龍潭秀雲的無所依據。

㈣第三章〈哭泣的山林〉

1.從志騏的林務工作中對照出兩個世界。平民物資匱乏，特權卻益形醉生夢死，即連正常的薪資發放，亦納入「揩油」與「酬庸」的新鮮軌道中。

2.志騏在熱血的山地青年林俊雄（托西）領路下，入山勘驗，意外發現盜採情形嚴重。長山人的表面文章和日本人的嚴格軍紀，形成強烈對比。

㈤第四章〈大稻埕戀曲〉

1.從龍潭遷到大稻埕的維林醫師，育有二子。台大醫院的志麒、留日的志麟，一門菁英。

2.東京回來的志麟，見證著台灣戰後一般平民生活的動盪。

3.維林生日宴客，志鈞來，壯志勃發；韓萍亦來，主動示好的熱情，讓志麟神思迷惑。

㈥第五章〈純潔的影像〉

1.志騵在工作酬酢中強烈感受到特權階級放縱墮落，從而對照著市井小民的窮困失措。

2.志騵和由美一段短短的散步，醞釀著志騵精神愛的世界。

3.志騵以童貞交換一個俗世的紅包。具現了高蹈的精神愛在現實渾沌中的糾纏拉鋸。

㈦第六章〈迸發的火花〉

1.韓萍主動攻進志麟的情感圍城。

2.志鈞要求志麟抗拒。

3.志麟淪陷。從肉體進而精神，不能抗拒地陷落。

㈧第七章〈醉生夢死的人〉

1.志麟和韓萍相戀，成為轟動小鎮的大事。大陸來台的中隊長和當婊子定居在橫街仔風化區；秀雲卻拒絕長山中尉的耐性追求。

2.志騵和由美通信，得到精神愛的滿足。

3.志麟在韓萍懷孕後倉促準備結婚前的不安心事。

㈨第八章〈怒濤巨浪〉

1.從維林醫師眼中看到的亂世低壓。

2.志麟和韓萍間不得不迸現的爭執，突顯了兩岸差異。

3.在退無可退的衝突中，二二八民變迸生。

㈩第九章〈燃燒的火燄〉

1.志騵跳開平民窘困和特權放縱間的煎熬矛盾，帶著忠實的托西（とし），投入二二八民變中。

2.志騵和由美道別，她送他一塊馨芬的「花王石鹼」。

3.志騵加入龍潭臨時組成的民軍後，才發現領軍隊長，居然是志鈞。

㈩㈠第十章〈死城的故事〉

1.志麒在自認不會有事的渾沌狀態中被捕；

在不斷擴散的分歧、死亡中，韓萍和志麟衝突日劇，韓怡勸妹妹韓萍，要慢慢認同台灣這塊土地。

2.志麟茫然地回家參加志鈞刻意被抑壓的葬禮。

(十二)第十一章〈鮮血，灑在大地上〉

1.志麟在暗夜中和志騵重逢。

2.志騵和志麟在混亂過後，從「石鹼」和「槍」中探討生命中的愛和爭戰。

3.志騵回溯出發前夕的不安、憂懼，以及不得不然的決心。

4.揭露志鈞在談判前被倉促射殺的死亡真相。

(十三)〈終章〉

1.驚悸、怨憤，以及一連串的恐怖之後，志麒在牢獄性情大變，輕易不肯說話；志麟赴日；志騵和由美戰後重逢，欣喜之餘，卻有填不滿的空洞虛懸出來……

2.燈紅酒綠的現實生活，依然天下太平。彷佛一場驚天動地的大事件，根本在另一個世界發生或者根本沒有發生過似的。

●破敗的城池，有沒有留下歷史的痕跡？（劉還月／攝影）

二、重要人物簡表

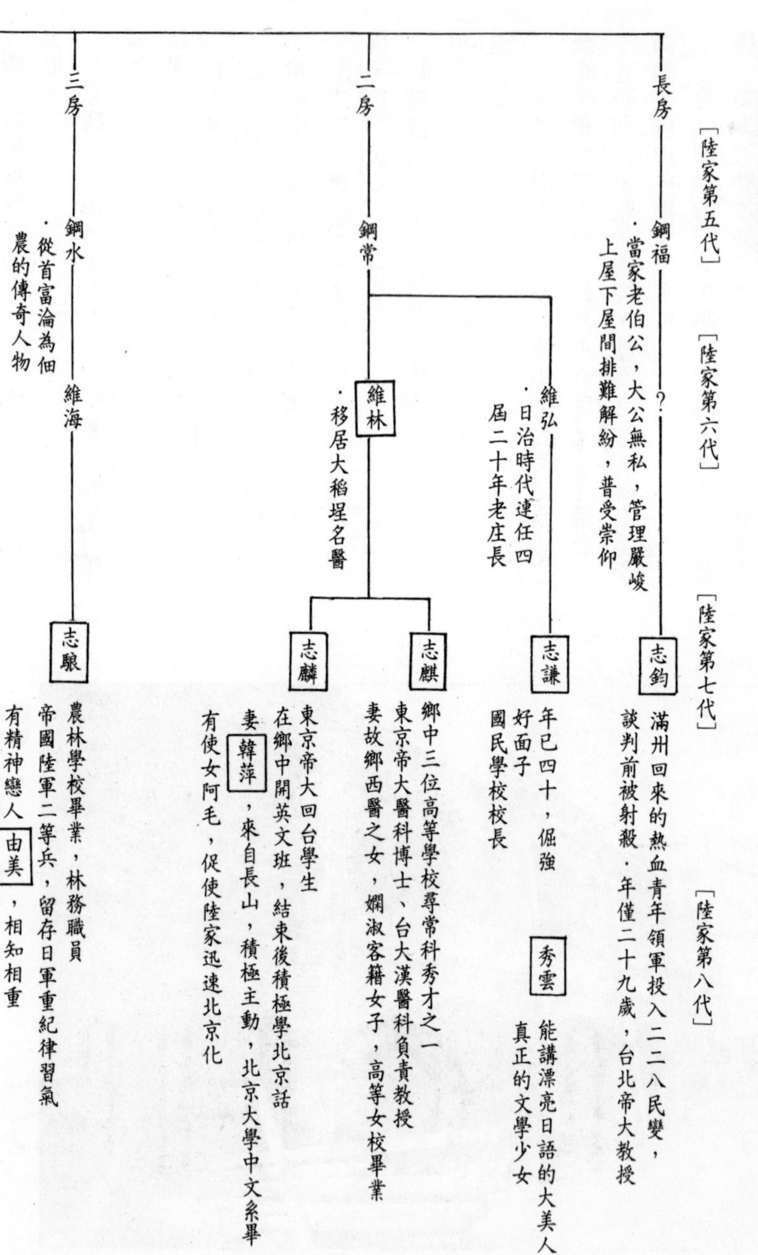

〔陸家第五代〕
〔陸家第六代〕
〔陸家第七代〕
〔陸家第八代〕
長房
鋼福
・當家老伯公，大公無私，管理嚴峻
上屋下屋間排難解紛，普受崇仰
?
志鈞
滿州回來的熱血青年領軍投入二二八民變，
談判前被射殺・年僅二十九歲，台北帝大教授
二房
鋼常
維弘
・日治時代連任四
屆二十年老庄長
志謙
年已四十，倔強
好面子
國民學校校長
秀雲
能講漂亮日語的大美人
真正的文學少女
維林
・移居大稻埕名醫
志麒
鄉中三位高等學校尋常科秀才之一
東京帝大醫科博士、台大漢醫科負責教授
妻故鄉西醫之女，嫻淑客籍女子，高等女校畢業
志麟
東京帝大回台學生
在鄉中開英文班，結束後積極學北京話
妻韓萍，來自長山，積極主動，北京大學中文系畢
有使女阿毛，促使陸家迅速北京化
三房
鋼水
・從首富淪為佃
農的傳奇人物
維海
志駺
農林學校畢業，林務職員
帝國陸軍二等兵，留存日軍重紀律習氣
有精神戀人由美，相知相重

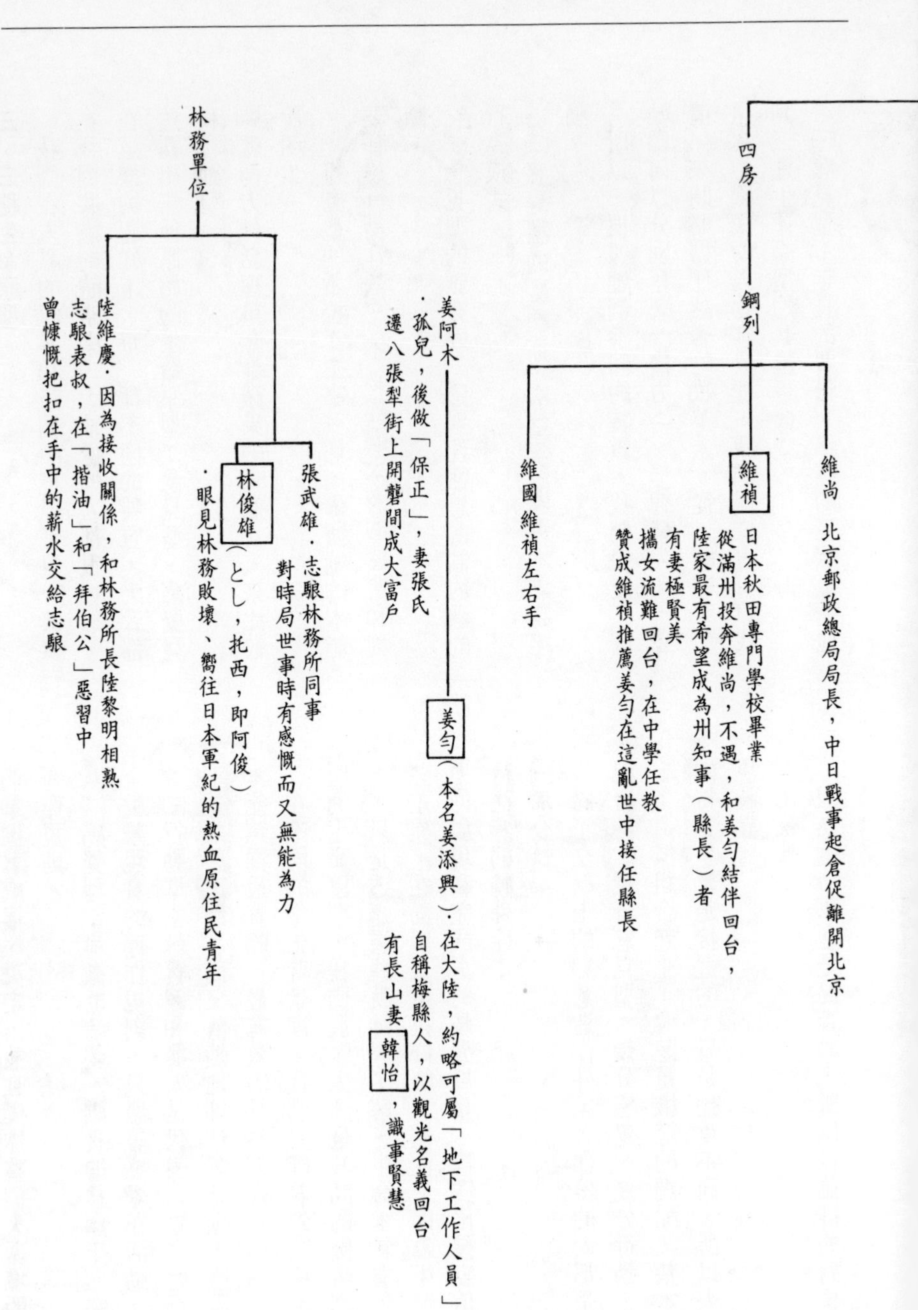
四房
鋼列
維尚
北京郵政總局局長，中日戰事起倉促離開北京
維禎
日本秋田專門學校畢業
從滿州投奔維尚，不遇，和姜勻結伴回台，
陸家最有希望成為州知事（縣長）者
有妻極賢美
攜女流難回台，在中學任教
贊成維禎推薦姜勻在這亂世中接任縣長
維國
維禎左右手
姜阿木
．孤兒，後做「保正」，妻張氏
遷八張犁街上開礱間成大富戶
姜勻
（本名姜添興）．在大陸，約略可屬「地下工作人員」
自稱梅縣人，以觀光名義回台
有長山妻
韓怡
，識事賢慧
林務單位
張武雄．志駺林務所同事
對時局世事時有感慨而又無能為力
林俊雄
（とし，托西，即阿俊）
．眼見林務敗壞、嚮往日本軍紀的熱血原住民青年
陸維慶．因為接收關係，和林務所長陸黎明相熟
志駺表叔，在「揩油」和「拜伯公」惡習中
曾慷慨把扣在手中的薪水交給志駺

三、三種生命原型

我們在人羣的觀看和歸納中可以發現，其實在我們共處的時空中，大部份的人都很相似。在這樣的認知下，每一種不同的特質，大致都透露出三種原始的生命原型：意見型、感覺型和行動型。

就西方神話裡爭奪金蘋果的三個女人來比較說明：

㈠行動型的希拉：主宰一切，依據她的本能要什麼就做什麼，不必經過太多的感情和判斷。

㈡意見型的雅典娜：透過理性思辨制約過的行為模式。

㈢感覺型的維納斯：追崇愛與美，訴諸感動。

所以，根據她們不同的特質，我們很能了解她們何以分別藉著「權力」、「智慧」和「愛情」來賄賂擔任評審的牧羊人。從《紅樓夢》這本中國式的人物字典裡，我們同樣也可以找到三種生命原型的具體證據：

㈠意見型：年長的賈母、年輕的王熙鳳。他們掌握著威權、決定，並且操控整個大環境的運作規則。

㈡感覺型：卑微的晴雯、嬌貴的林黛玉。完全脫離現實的運作規則，只憑著感覺在活動。

㈢行動型：薛寶釵和襲人是代表人物。她們不是訴諸理性，而又清楚地抑壓著感覺，憑著本能選擇最實際、最有效的行為方式。

在不同的文化背景裡，我們明確看到三種不同的生命原型，我們很難去評量其間的優劣高下，只是透過這些軌跡去了解，生命本質有這些差異，在面對人生抉擇時，往往又因為生命力的展現和完成上的歧異風景，裎露出幾點值得注意的特殊性：

㈠**混合性**：

除了文學上的刻意造作外，大部份的人都是混合的，幾分意見型、幾分感覺、幾分行動……，這樣組合起來，像蔥薑椒蒜的調配，基本的特質多半是接近的，只是比重不同，所以表現歧異。

㈡**比較性**：

因為生命原型是混合的，所以在並排的對象

更迭後，自然也在比較後襯出新的特質。葉菊蘭、楊惠珊、證嚴法師這些公眾人物並比，葉菊蘭是意見型的典型；和呂秀蓮的條理邏輯比起來，「去打一場母親聖戰」的葉菊蘭，又是感覺型的成分多一點。

㈢創造性：

因為不同的生命原型，具有混合和比較的變異性，對於人生調適的彈性和韌度，也相對地呈現更寬闊的可能。生命力的展現，在「思想接收」、「轉型成感覺」，再「付諸行動」的過程，可以在教育、提示和自我訓練中，完成不同的生命內容。

我們可以在《怒濤》書裡蕪雜的出場人物中，循著這三種不同的生命原型，一組一組，秩序地，走進作者「重現那個時代，以及那個時代的台灣人，尤其年輕的一代」這樣的深沉用心裡。

書中〈後記〉載著：「那個時代，那個時代的年輕人，他們的心情，他們的想法，這一代的人，尤其這一代的年輕人，究竟有幾個能理解呢？」

希望藉著這一組又一組條理分明的生命原型，讓這一代的人，尤其這一代的年輕人，或多或少，增添一點點可能的了解。

四、人物分析

㈠主要人物——

1.「意見的」志鈞：出場時和人羣在一起的悲憤，緊盯著動盪時勢的精闢分析，周旋在眾人間的支配引領，勸阻志麟的感情、導引志駺的行動，在二二八前夕的敏感觀察，而後又毫不猶豫地投入這場巨大的變動中，他那壯碩的威權支配力甚至淹沒了背後的父系背景（這是書中主角中唯一親屬關係模糊的象徵人物）。

2.「感覺的」志麟：能幹世故的父親，替他在困窘危疑的亂世裡，撐持衣食無慮的小天地，讓他可以不必憂慮國事、費心工作，不必介入一般市井小民的悲哀痛苦，得以用最純粹的感覺和愛情，去見證兩岸初相接時，困窘、眩惑、著迷、幻滅的各種情緒。

3.「行動的」志駺：因為實際介入（工作、貧窮、愛），真正見證了那個時代大部份並不那麼意見凜然，感覺澎湃的「行動的大眾」。

表現出對於特權矛盾不得不然的日常妥協，在退無可退的關鍵投入怒濤巨浪的行動力，以及堅持在內心底線的一種精神愛的溫柔。

㈡象徵人物—

1.「意見的」鋼福：維繫陸家客系威權的老伯公。

2.「行動的」鋼列：仍然活躍在陸家公廳具代表性的老人。

3.「感覺的」鋼水：對照於家族威權，即使付出可觀代價仍固執著個人選擇的傳奇性單一存在的象徵人物。

㈢亂世應對人物

1.「意見的」維林：在希望和破壞交接的年代，懂得周旋進退，又真正把陸家的實力紮實地擴充出去，並且面面考慮周詳。

2.「感覺的」維禎：充滿理想色彩的滿州回台士紳。在時代的巨浪浮沉中，對家庭、對朋友、對親族，都懷有深情重義，對人的重視大過對時代、對生命尊嚴的醒覺。

3.「行動的」姜匀：妥協性高、充份把握機會，混亂的時代、複雜的人際關係，都是他充份展現行動力的舞台。

㈣應對人物對照組—

1.「意見的」志謙：講究身份、面子，始終堅持嫁外省軍人的女孩要「殺分豬嫲食」的強勢態度。

2.「感覺的」志麒：充滿理想色彩、不涉現實危機的秀異菁英。

3.「行動的」托西：雖然沒有傑出的身份、學歷，但能憑著本能，講公正、重紀律，毫不猶豫地投入民變中，和混亂的末世狂濤相抗衡。

㈤女性角色—

1.「意見的」韓萍：充滿優越感的長山文化象徵，以積極無懼的聲勢，改變了陸家的客系傳統。

2.「感覺的」由美：一種無視於巨變的精神愛的堅持。

3.「行動的」秀雲：漂亮，充份接收殖民文化的文學少女，在時代的更遞中，不是充份意見自主、而又抑壓著感覺，隨波不斷適應著的本能行動。

㈥女性角色對照組

1.「意見的」韓怡：在新舊衝突中，充份適應現世，並且堅持要植根在台灣的自覺先聲。

2.「感覺的」東京孤女：飄忽而不能確定的志麟精神愛的嚮往。

3.「行動的」維禎妻和橫街仔的當娘子：她們分別用智慧和本能，在不同的生活方式中，充份地面對、並且掌握了那個時代。

貳、靠岸

一、人文的顏色

整部《怒濤》的進行，運用公廳家宴、平安戲、詳實的客語對話記錄，層層設色，在濃冽的客家人文顏色中，裎露出特定的一小截亂世浮生。

㈠客家生活：

對於陸家公廳的深刻著墨，家宴中上下桌的輩份井然，以及各房各系的緊密聯繫，完整表現客家族系的鮮明文化色彩。無論是善於在困窘中變化菜色的貧窮三房，或者是富裕顯貴的維林醫師家，都懂得謙抑收斂、堅持舊有的倫常傳統，即使出身醫生世家高女畢業的媳婦，也要親手灑掃炊煮，無論貧富貴賤治亂，儉素如一。

㈡客家情感：

保守的態度，充滿內省遲疑的頻繁內在活動，往往在外在世界意外的撞擊裡，被動地映現出許多不由自主的無奈，然則在心裡最被嚴密保護的角落裡，永遠堅持著不可思議地非現實的精神嚮往。

㈢客家價值：

在儉素的生活欲望以及抑壓的情感熱切交相撞擊下，表現在生命尊嚴和價值的堅持，就特別顯得高昂熱烈。好面子、倔強、守舊（在客語裡通稱為「硬頸」），對於倫常價值的陷落和矛盾，當然就不能忍受。

理想色彩濃厚的志鈞、恭順穩重的維林、妥協中堅持不許女兒和外省軍人通婚的志謙校長，書中每一個客籍人物，維禎、志駺、志麟……，或多或少，都用各自的方式表現了對整個大時代價值潰亂的抗議。

二、地理的界域

●客家人的葬禮。（劉還月／攝影）

▼超渡亡魂。（劉還月／攝影）

●新墳。（劉還月／攝影）

桃園雖於明鄭清初早有移民集居之部落，真正有計畫的移民墾殖，始於清乾隆初。《桃園廳志》記載，乾隆二年（一七三七年）粵人薛啓隆墾闢，總稱虎茅庄；十年，移集開拓，遍地種桃樹，而後桃花盛開、紅雲搖曳，因而得名。約在五十年後，才有漳州人吳沙招民入墾蛤仔難（宜蘭），夾著台北的這兩個最靠近「台灣意見核心」的城，在此後兩百年間，各自走向不同的發展可能。

較晚開發的宜蘭在「台北集中」的不公平條件下，奇異地發展出反台北、反都會、反文明、反大中國意識的精采地方文化；桃園的大專院校師資、文化中心節目、流行風尚，以及飲啄遊樂視聽習慣，全都依附著台北核心，不太能夠展現出獨具地方特色的文化活動力。

只有「色情文化」，聞名全省。這個曾經以桃花紅雲得名，曾經藉「皇后客棧」被馬偕醫生譽為全省最乾淨的地方，曾經冠蓋雲集、曾經水陸交會的都城，居然沒有太大的機會去醞釀生養出一種豐厚的文化。

檢視桃園縣十三鄉鎮，幸好還有活動於桃園市的林鍾隆、傅林統，在兒童文學的創作和理論上，留下不少成績；大園的許金用，執著於民間禮俗的整理；中壢的杜潘芳格，辛勤地耕耘客家詩；龍潭的馮輝岳，在中國兒歌、客家童謠的整理與詮釋上，一向不遺餘力；龜山的林央敏，在福佬詩和散文上的認真用心，踐履在實驗性濃厚的台式作品以及一場又一場教師聯盟新台灣人的下鄉演講中。

最重要的當然是龍潭的鍾肇政。他的資歷和作品，記錄了台灣史上極重要的轉折和關鍵。《怒濤》又是其中極重要的一部鑰匙書。這本戰後初期的台灣實錄，以客家話、北京話、福佬話、日語、英語等不同語系原音重現，凸顯了當時語言隔閡、文化劇烈變動的社會情境，並且以作者的「原鄉」，龍潭，做為全書的原鄉。

全書以陸氏一家的發展為主軸，陸家的公廳就以龍潭八張犁的乳姑山為屏障。從乳姑山、龍潭大池寫起，旁及動盪的大稻埕、憤怒的山林、混亂的殺戮現場，再回到龍潭二二八民變時為捍衛故鄉拋灑熱血的蒼莽營舍。一個地理上清楚的界域，在並不刻意造作的真情流露下，寫意式地突顯出來了。

三、歷史的土壤

中國的更朝換代、美國的人權抗爭、日本的割據與統一、南非的種族尊嚴，這些歷史的土壤，是醞釀一個地方的人文累積所以深所以厚的地方。

沒有動盪，就顯不出深沉；沒有反省，更顯不出寬厚的憑恃。台灣三百年來，從荷蘭、明鄭、清廷、日治，一直到二二八，始終在動盪中；白色恐怖以後，大量的言情加工，成為文化生產的主題，文明節奏加快以後，「輕薄短小」的通俗流行又繼續窄化我們深沉反省的可能。

「二二八禁忌」開放以後，口述歷史和一撥一撥的出土史料，提供我們一些反省的機會。前衛出版社、自立晚報出版部，以及新加入的時報出版部、遠流、久大文化事業，都在這波文史浪濤中風起雲湧。

前衛版的《二二八民變》（楊逸舟著）、《台灣二二八革命》（林木順著），自立晚報版的《二二八官方機密史料》（林德龍輯註）……許多不同的搜尋版本，耙梳出各種珍貴的史料。不需要專門研究，只是做背景式了解的閱讀者，有幾本兼顧資料和可讀性的工具書可以入門：

1.林啓旭著《二二八事件綜合研究》，二二八出版社

2.李筱峯著《二二八消失的台灣菁英》，自立晚報出版部

3.中央研究院近代史研究所《口述歷史三—二二八事件專號》

4.沈秀華、張文義採訪記錄《噶瑪蘭二二八（宜蘭二二八口述歷史）》，自立晚報出版部

5.阮美姝著《孤寂煎熬四十五年（尋找二二八失蹤的爸爸阮朝日）》，前衛出版社

6.阮美姝著《幽暗角落的泣聲（尋訪二二八散落的遺族）》，前衛出版社

7.藍博洲著《沉屍、流亡、二二八》，時報出版部

8.藍博洲著《幌馬車之歌》，時報出版部

《二二八事件綜合研究》出版的時日很早，

作者林啓旭流亡在日即已先行刊印，本書是二二八背景的勾繪；李筱峯的《二二八消失的台灣菁英》加重其中讓人不得不注目的色彩。中研院的二二八專號以嘉南高屏澎湖地區的口述歷史為主；《噶瑪蘭》雜誌發起支持的《噶瑪蘭二二八》，是一次自發性地方歷史整理的精采範例；阮美姝和藍博洲的記錄，因為個人風格濃厚，幾乎已經算是獨具創作觀點的文學作品了。

鍾肇政的《怒濤》，以龍潭為核心，以小說為型式，同樣也用他的創作觀點，從事二二八的歷史記錄。

從「等待的高峯」（回歸祖國的浪漫幻想），經歷人名的驚詫比較，情感態度、生活習慣（遲到、揩油、名實不符的堂皇表面……）上種種歧異與幻滅，寫實地迸發出怒濤般的怨憤衝突，再回歸到死城般的沉默抑壓。人名可能是假的、愛和故事可能是假的，那段歷史，卻是確切真實存在的。

四、文學的花朵

鍾肇政一生奉獻於文學事業，作品無數，然則，全部作品都有共同的精神一以貫之：

㈠孕養性：這是一種具體的母性完成。無論任何一部作品都有一個恆定不變的原鄉，生養一切不同特質的人事物，包容任何的嘗試和可能，又在所有的動盪破壞之後，庇護一切，也舔癒所有看得到與看不到的傷口。

㈡理想性：主要主角的長相和性格都很相似，而且收編在陸家維字輩和志字輩的體系裡。他們內向、自省、敏感而矛盾，少行動而多設想（純就個人觀點而言，我認為這種特質比「團結」、「硬頸」、「小氣」、「固執」這些刻板印象，更接近於客家人塑像），往往具有音樂、美術、哲學、運動方面的特殊傾向，浪漫而富英雄色彩。這種強烈的理想性在現實生活裡碰撞然後療養，成為鍾肇政作品中的主要構成。

㈢和諧性：難得的是，他那種完美女性的一次又一次複製，無論是本土教養好的知識女性、富有鄉土氣息的大地之母，抑或純精神愛象徵的日本女性，往往在作品中確立著，篇幅雖少，撐持的力量卻足以和主角人物的理想追尋與幻滅等量齊觀，形成極富破壞韻律的和諧性，異議學者張艮澤在《四十五自述》一書中，還記錄自己因為著迷於鍾肇政完美的女性塑像，對於和《魯冰花》中主角同名的女子，秀霞，曾癡狂地愛戀過。

從這些共同特質來看《怒濤》，書中溫潤的「包容、療養、復原」的精神力量沒有了；完美女性的著墨更少，相對地，激情熱烈的理想性卻得到最大的機會肆意擴張。作者〈後記〉說：「我屢屢覺得此書寫得實在糟極，爛極，連我自己都忍不住認為這本書實在面目可憎……校到末尾三章時，感覺忽然一變，常常被書中情境弄得有時是熱血澎湃，有時熱淚難禁，經常掩卷太息，無能自己。」

也許就是因為作者的情緒和作品的距離拉得太近了，反而破壞了作品的文學性。同樣的激情素材，自立晚報出版部出版林雙不編選的《二二八台灣小說選》（一九八九年二月初版），不但創作完成時間更早觸及禁忌，文學的收斂和暗示也更精緻而有效。

不過，長篇的經營原不像短篇那樣，必須綜理包羅萬象的線索和難題，所以也不容易像短篇那麼容易討好。

綜觀鍾肇政的《怒濤》，確實可以是了解鍾肇政、了解客家、了解二二八的一部鑰匙書。本文純就「人物」部分分析解讀，其實，換另一個觀點，以「意象」中的歷史內在、以「兩岸差異」的撞擊和悲哀、以「結構」裡馭簡御繁的精采表演，無一不是解讀入門的通道。

不曾入門的「速食消費者」，當然也享受不到閱讀長篇小說的淋漓暢快。

——原發表於一九九三年六月「桃竹苗地區文學會議」

參考書目

1.《桃園縣志》，桃園縣文獻委員會編印

2.《發現台灣》，《天下》雜誌專題

3.王育德《台灣——苦悶的歷史》，自立晚報出版部

4.史明《台灣人四百年史》

5.林啓旭《二二八事件綜合研究》，二二八出版社

6.林木順《台灣二月革命》，前衛出版社

7.林德龍輯註、陳芳明導讀《二二八官方機密史料》，

自立晚報出版部
8.楊逸舟著、張良澤譯《二二八民變——台灣與蔣介石》，前衛出版社
9.李筱峯《二二八消失的台灣菁英》，自立晚報出版部
10.《口述歷史三——二二八事件專號》，中央研究院近代史研究所
11.沈秀華、張文義採訪記錄《噶瑪蘭二二八》，自立晚報出版部
12.阮美姝《孤寂煎熬四十五年（尋找二二八失蹤的爸爸阮朝日）》，前衛出版社
13.阮美姝《幽暗角落的泣聲（尋訪二二八散落的遺族）》，前衛出版社
14.藍博洲《沉屍、流亡、二二八》，時報出版部
15.藍博洲《幌馬車之歌》，時報出版部
16.李喬《台灣文學造型》，派色文化出版社
17.李喬《台灣文化造型》，前衛出版社
18.林雙不《大聲講出愛台灣》，前衛出版社
19.林雙不編選《二二八台灣小說選》，自立晚報出版部
20.葉石濤《紅鞋子》，自立晚報出版部
21.陳運棟《台灣的客家禮俗》，臺原出版社
22.《客家人尋根》，武陵出版社
23.賴碧霞《台灣客家山歌》，百科文化出版社

作者簡介：

黃秋芳／一九六二年生於高雄市，童年長於苗栗，台大中文系畢業，日本東京都立柴永學園JET日語學校遊學結業。做過採訪、寫過小說，九〇年盛夏在中壢成立「黃秋芳創作坊」，經營人文講座、讀書團體、各種文學實驗，三十以後（其實為時已晚），認定「做一個新的台灣人」，是凌越一切的志業。

3／山歌與風土

傳唱民族樂音

——從老山歌與矮靈祭祭歌的異質性來看山歌與客家人的關係

■謝俊逢

民族音樂的價值，
不單是取決於它的內容，
也取決於它的形式。
即興創作的客家老山歌，
二段體的曲調結構中，
反映世代務農的客家人
水田耕作的生活節奏。
相對的，
簡單樂句反覆吟唱的矮靈祭歌，
卻是賽夏族人狩獵生活的呈現！

■前言

本文是以台灣客家老山歌及賽夏族矮靈祭祭歌為中心，探討兩個鄰近不同族羣音樂的異質性。

民族音樂的研究，雖然其歷史可以追溯到一百年前左右，或許更早，但是關於研究的目的、對象、方法與適用性的問題，都不是一致的，而且在每一階段都有新的概念導入，特別是近二十年來，有許多心理學家、社會學家、人類學家、民俗學家、語言學家、美學家……等等，也分別從各個不同的觀點，來說明人類音樂文化的現象及音樂在人類社會行為裡的作用與機能，因此在民族音樂學研究的領域不斷地被擴大之下，可預見的未來，這門新興的而又獨具魅力的學科，被重新再細部分類的命運，已經無法避免了。

民族音樂學所以能引起許多學者的關心，個人認為是來自兩方面的。一方面是世界上任何一個民族都擁有或多或少屬於自身民族的傳承音樂，而且各民族的音樂都與這個民族的歷史背景，政治經濟的條件、社會的特徵、自然的環境、宗教的信仰、生活的方式等等有密切的關係。另外一方面，是人類不管在怎麼樣的歷史環境背景或怎麼樣的社會條件之下，創造出來怎樣的民族音樂，即使對於該民族的語言或宗教信仰等等完全不懂，也能夠直接的去體驗，甚至喜好。在所謂「民族性」這一詞彙語意不明確的狀況下被使用時，誰都知道非洲人的音樂與非洲人的民族性有關；印度人的音樂與印度的民族性有關；阿拉伯人的音樂與阿拉伯人的民族性有關；中南美洲人的音樂與中南美洲人的民族性有關。從來認為「民族性」與「音樂」所以有密切的關係，主要的觀點可以歸納以下幾點：

一、就自然環境而言：各民族因環境的不同，所持有的樂器也不同，例如住在熱帶或寒帶的人，以動物的皮或骨頭做為樂器的素材；住在山間或田野的人，以絲、竹、木等做為樂器的素材；住在都市或平地的人，以鐵、銅等金屬做為樂器的素材較為普遍，由於樂器的素材不同，演奏的技巧、樂器的音域與樂器的音色也不同，當然也直接影響住在不同環境的人，對於各種各樣音色的好惡。

二、就生產的方式而言：遊牧民族、狩獵民族、燒耕民族、漁撈民族與農耕民族因生活的方式、生產的形態不同，音樂的表現也有所不同，最明顯的例子，如遊牧、狩獵、燒耕、漁撈等民族，平常歌舞是分不開的，而且採集體的齊唱為主，但是農耕民族，平常歌舞是分開的，而且採獨唱或男女對唱的方式較為普遍。

三、就語言方面：音樂與語言融合的雙方共同表現中，正確語言的發音傳達給對方，往往成為評價音樂歌唱的好壞基準，因此旋律的進行、發聲的方法等，常受到語言的制約，諸如有些民族的音樂受語言的影響則偏重於聲調的抑揚，有些則偏重於音的強弱。

四、就宗教信仰方面：音樂在歐洲受到基督教教義的影響；在印度受到婆羅門教世襲制度的影響；在阿拉伯受到回教教義的影響很大，因此在音樂的發展、傳承、功能方面亦有若干程度的差異。

五、就歷史背景與政治形態而言：古代封建體制或專制社會，為了誇耀支配階級或鞏固政權，常常要求擴大音樂演奏的編制、增強音樂音響的效果，而改變了原來的音樂風貌。即使現代的資本主義制度之下亦復如此，如原始的非洲黑人音樂，在美國資本主義制度之下，變成了爵士音樂。

綜合上述所說，確實「民族性」與「音樂」有密切的關係。但是以這些密切的關係，仍然無法說明或引起音樂的要素（音階、音程、旋律、節奏、拍子、樂式）的動因。換句話說，就民族的自然環境、生活的方式、語言、宗教信仰、歷史背景及政治形態等等現象之中，不能找到一些實質的東西或規律的法則，可以引起構成音樂的要素有直接的關連。因此，把音樂放在民族的背景之中去體驗或瞭解時，民族是民族的而音樂是音樂的，兩者是分開的、獨自的。相反的，個人較主張這個民族現存在的音樂中去探討音樂中的民族及音樂中所代表的意義。

但是從這個民族現存的傳承音樂裡，去探討音樂中的民族或音樂所代表的意義時，又必然會遭遇到一個困難的問題，那就是各民族現有的傳承音樂中，到底有多少曲目與這個民族有切身的關連？或到底那些曲目是外來民族的？在無法做正確判斷狀況下，選擇較具「特殊性」或「代表性」的音樂，做為分析、比較、觀察的對象，是唯一的，也是必要的途徑。這裡所謂的「特殊性」是指老山歌與祭歌，均具備有類似性的音組織及曲調的構造；所謂的「代表性」是指客家的老山歌與賽夏族矮靈祭祭歌，都是各族羣所認定的較富有典型的傳承音樂。

壹、兩個族羣的關係與區域發展現況簡述

一、歷史背景，人口分佈地理環境的關係：

客家是來自中原（按古稱河南省及其附近之地）的漢民族。所謂「漢族」就是混合無數居住在中原的各民系所形成的一種民族，其形成的年代大約開始在春秋戰國的紛爭，而完成在秦漢的統一，由於當時國名叫「漢」，所以才叫漢族。客家人是這漢族裡頭一個系統分明的支派，因為客家先民受到了中國北疆部族侵擾的關係，才逐漸從中原輾轉到中國的南方來的。客家先民的南遷，雖肇自東晉（從四世紀到五世紀左右。），然而形成所謂的「客家民系」，則推定在趙宋以後。（羅香林《客家研究導論》頁四二～八四）客家人經歷了五次大遷徙，最後的終點，其分佈地區以廣東省東北部、江西省東南部及福建省西南一帶最為集中，廣西、湖南、四川、台灣等，為數亦甚可觀。至於台灣的客家，則以分佈於桃園中壢到台中東勢、南投國姓鄉間的丘陵地及山谷間的人數最多，屏東平原東側倚山之地次之，在東部縱谷地帶也有不少的客家人。

根據日本人伊能嘉矩所著《台灣文化志》頁二八九及《台灣叢書本》〈重修鳳山縣志〉頁二五五～二五九的記述，早期客家人的來台，大約在清軍平定台灣二、三年間（即康熙二十五、六年），以後在雍正、乾隆、嘉慶各朝代，一直到同治年間，仍然繼續不斷有客家入墾的情事。

由於客家入台較遲，所以可耕之野，和

（劉還月／攝影）

●往昔重文風的客家人，珍惜每一張寫了字的紙張，所以有「敬惜字紙」的風俗，及惜字亭的設置。如今只有萬巒林定祥先生，每逢初一、十五仍舊挑著字紙簍沿街收集字紙至惜字亭焚燒。

（詹慧玲／攝影）

（詹慧玲／攝影）

可種之地，已為先至者所有，故不得不在山間和內河上游盆地尋出路，篳路藍縷，披荊斬棘，只希望能拓殖一塊土地，可供安身立命之所。也由於客家人長期的生存在此艱困的環境下，而培養了較能適應山間的工作與生活能力，這也就是客家人可以與賽夏族族人長久定居在相鄰的土地上，求生存發展的主要因素。

賽夏族（Saishiat），是台灣九個土著族的一個族，長久以來一直是台灣本島土著族中，人口數最少的族羣。（台灣省民政廳編印《一九八六台灣省民政統計手冊》二十一期，表列一九八五年總人口數為三八一六人。）根據傳說，賽夏族的舊域，曾北及現在的桃園縣與苗栗縣交界一帶山區生存下來。（移川子之藏等：一九三五）現在賽夏族分佈的區域，是以鵝公髻山和橫屏背山的嶺線，分為南北兩個地域羣，北羣主要分布在新竹境內五指山與上坪溪上游右岸之間的山區，即現在五峯鄉大隘村及花園村的行政區內。南羣則分布在苗栗縣境內中港溪上游大東河與小東河兩支流附近的丘陵地帶，包括南庄鄉東河村，南江村和蓬萊村三個行政單位，此外獅潭鄉百壽村的賽夏族聚落亦屬南羣範圍內。（中央研究院民族所出版《台灣土著祭儀及歌舞民俗活動》之研究資料，頁一三二。）

就以上兩個族羣的歷史背景、人口分布和地理環境的關係來看，其歷史背景有著類似之處，而且都生存於較為艱困的環境之中。

二、區域發展現況（文化方面）簡述：

㈠客家人秉承了中原文化慎終追遠的精神，由於長年的流徙生活，常把祖先骸骨背負起來，輾轉一同逃難，於是乎就產生了洗骨改葬的風俗。客家人認為人死後，柩葬是暫時性的，所以葬後三至十年，一定要請檢骨司開墓啓棺，檢收先人骸骨，拂拭曝晒之後，由下而上，以趾、足、腿、股、脊、胸、手、頭的順序，裝入高約三尺、直徑約一尺的「金罌」中收藏，每年清明、中秋，子孫們便分頭到寄放金罌各處，焚香掛紙，叩首膜拜。目前賽夏族人也有這種風俗習慣，特別是在族裡有聲望的或稍為有錢人家，均以此自傲，並且在「廳下」設置有近代祖先神位，做為祭拜之用。

㈡客家人過去的主食以稻米和蕃薯為主，現

在都改以稻米為主食，副食方面除了一般的肉類、豆腐製品之外，有蔬菜、鹹菜、蘿蔔乾、荀干湯、鹹魚等等。在婚喪喜慶的宴客席上都少不了焢肉、炒肉、筍干湯、鹹菜湯、糍粑、炒米粉、米篩目等項目，過年過節增加了甜粄，發粄、水粄、菜頭粄等等。現在賽夏族人平日主食也以稻米為主。副食跟客家人一樣，特別是婚喪喜慶的宴席，都包給客家人煮食，常年以往，所以相當習慣客家口味。即使在矮靈祭期間，除了第一天所做的「糍粑」是較硬以外，其它諸如焢肉、鹹魚、鹹菜湯、雞、鴨肉的做法、吃法都相同。（「糍粑」的做法：客家人是將蒸好的糯米飯，放在較深的舂臼裡打時，不斷的加水，所以糍粑是軟軟的，做好之後揉成一個一個小圓球狀，以沾黏芝麻或花生粉來吃。賽夏族人是將蒸好的糯米飯，放在較淺、圓徑較大的舂臼中打，不加水，做好之後整塊拿起來，吃的時每一個人用手拔來吃，吃不完用刀子切成一塊塊的，帶回家煎來吃。）

㈢在歲時習俗、婚禮儀式、衣服被飾、生產方式、使用工具等方面，因受到現代工業技術生產材料規格化，售後的服務問題、宣傳媒體的流行趨勢、節慶假日的統一化等影響，只有某種樣式、狀況下做了選擇。因此兩個族羣的人民，在這些方面都趨向一致。另外一方面，客家原先較具傳統風格的建築物，在一九三五年（昭和十年），一次台灣北部的大地震中，全遭到傾圮的命運。

㈣在語言方面：客家人因受到客家語聲調的關係，在講國語時，花與發；熱與樂；頁與月等等發音，不容易自然的表達出來，即使說的很正確，也是相當的辛苦，而賽夏族人講國語，較客家人更困難，與洋人講國語的腔調差不多，但是賽夏族人講客家話與客家人講客家話的腔調沒有什麼不同。

其次，就目前賽夏族人的語言情況，做一簡要的說明。在五峯鄉的北羣，因處於泰雅族人口居優勢的環境之下，平常家庭用語以泰雅族語為主，卅五歲以下的族人，已經不諳賽夏族語，另外經常與客家人接觸或者前往竹東、新竹地區就學、就業者，一般都能講標準的客家話。相對的，在南庄鄉的南羣，因處於客家人集中的區域，在獅潭鄉的賽夏族人，平常家庭用語以客家話為主，雖然南庄鄉保有一些純賽夏族的聚落，但是以客家話為主。（資料來自田野工作）

以上，就兩個族羣關係與區域發展的現況，舉其大端略加論述，作為以下山歌和祭歌與文化融合之後的探討。

貳、傳承與學習

一、山歌部分：

台灣客家人認為「老山歌」是客家山歌中，最原始最基本的音樂形式與音組織結構。

客家山歌所以能自成一個完整的系統，主要是來自民間傳承的分類法，這種分類法是依據旋律之不同及產生的先後順序，做為分類的原則，以老山歌、山歌仔、平板、小調等四種類型呈現。近來有許多學者以客家山歌中歌詞的內容做為分類的基準，但是並不為民間所承認與採納，即使在音樂的理論上亦不被確立。

台灣客家老山歌的起源，大致上有兩種說法。一種說法是台灣客家老山歌是傳承了、保存了二百多年前流行於中國大陸地區客家民間歌謠。第二種說法是台灣客家山歌是中國大陸地區客家人移入台灣之後才形成的。前者是根據老山歌所使用的客家語來斷定的，因為台灣客家語有好幾種聲調，其中較為普遍的有四縣的客家語（註一）及海陸豐的客家語（註二）。但是不管講那一種聲調客家語的人，在唱客家山歌時，一律使用四縣的客家語唱，而使用其它聲調唱的客家民謠，並沒有形成。這也說明了用四縣客家語來唱的客家山歌，是擁有相當時間的傳承性與持續性。後者是根據老山歌的音組織結構來判斷。因為客家來自中原，當然早已熟悉古代中國的五聲十二律，由於當時中國大陸來台灣拓荒開墾的客家人，常常任過苦的勞作，生活窮困、單調、枯燥，而且加上思鄉的憂悶，因而捨棄五聲十二律不用，祇使用了悲傷哀怨的小三和音La、Do、Mi所組合而成的旋律型來抒發感情，另外一方面中國客家現存的客家山歌中，以此旋律型做為歌謠的曲調結構的音樂並不存在。（後者的說法在第參

參、音的構造與曲調分析

台灣客家老山歌是在一個基本旋律型——La、Do、Mi的音組織結構之下，附上不特定的歌詞。旋律是依據客家語的聲調做抑揚變化。而賽夏族矮靈祭祭歌是由十八首不同的旋律所組合而成，（全部祭歌十五首曲目中，第五首及第十一首各擁有三個不同的旋律，而第十四首與第十五首雖然曲目、歌詞不同，但是旋律完全相同。）在這十八首不同的旋律中，又以三個主要音Mi、La、Si做為基本旋律型的結構音。

兩個族羣在旋律進行時，最明顯的共同特徵是Mi La及La Mi的音程關係，這種音程的關係，在原始民族或亞洲各民族的民俗音樂中都非常的普遍（註六）。外國的民族音樂學家把這個音程關係，稱之為Tetrachord（四度旋律型）。一般來說Tetrachord又被詳細分成以下四種不同的樣式及兩種組合（Conjunct連合的與disjunct分離的）。祭歌的音階構造是屬於Tetrachord A型及連合性的組合。簡單的說，這種組合就是一個重疊的四度旋律型結構。而老山歌音階的構造是由一個四度旋律型加上一個大小三度的組合。

從老山歌與祭歌的音階構造者——Mi、La、Do與Mi、La、Si的排列，可以明顯看出Si Do的音程差距是非常小。（約正律差一一二cent；平均律差一〇〇cent），但是，實際上卻屬於兩種不同的旋律型組合，這種組合不容易混合在一起，這也就是兩個族羣儘管在文化上已經有某種程度的融合，但是相近鄰二百多年來（註七），在歌謠方面仍然各唱各調，Si不向Do解決，Do不向Si靠近的主要原因。

有關Tetrachord（四度旋律型）的音樂理論，早在古代希臘時代就把它當做音組織的基本單位，而且有許多專書討論，因此不再重述。主要置重點於La、Do、Mi小三和音的形成問題。過去有關小三和音形成的研究，有自然倍音律形成說及純正律形成說等兩種，就自然倍音律來看，下行的構成音就是La、Do、Mi小三和音；就純正律來看，純五度的音程較平均律多出二個cent，而純三度又較平均律少了十五個cent，原來純五度的中間音就有傾向小三和音的現象。以上兩說都站在現代音樂理論的觀點解釋，事實上，民間至今對於上述所謂的倍音律、純正律、平均律等音程的觀念並不認識，因為祇要熟悉以上任何一個音律，就不可能再使用，三和音做為旋律型的基本音階構造。

其次再探討上一章所說的，La、Do、Mi小三和音形成與「音樂的特殊感情」有關的問題。的確，現代的人一想到La、Do、Mi小三和音的旋律組合，就認為是悲哀的、憂傷的。但是這小三和音組合而成的旋律型，真的能引起人類的悲傷的感情嗎，以下就此問題探討。

西方有許多音樂心理學家、美學家曾經就音樂音響是如何引起或如何表達人間的感情？提出很多的看法，其中最深入研究者是近代德國音樂美學家Nicolai Hartmann（一八八二～一九五〇）。他認為音樂的世界與人間的世界並沒有什麼不同，兩者都是非空間的（unraumlich）、非物的（immaterial）；兩者都是流動的狀態；兩者都在興奮與安息、緊張與解決的對立運動中發展，而且在諸藝術中，祇有音樂音響與感情一樣，能產生各種各樣的變化，其它視覺的諸藝術是不能表現出來的。即使能表現出來也是間接的，另外他也認為音樂的諸要素較視覺的諸要素擁有更強烈的情緒成分（註八）。

的確，正如Hartmann所說的，音樂的現象與感情的現象並沒有什麼不同，而且關係非常密切。但是這些現象與關係，仍然不能充分說明為什麼音樂能引起感情的動因及音樂在怎樣的結構組織下，能普遍的、一致的引起人類的基本感情——喜、怒、哀、樂、愛、恨、慾的東西。音樂是一種內在象徵的時間藝術，音樂所以成為藝術，是音樂早已脫離了人的基本感情，成為意象化的東西了，其變化的過程，是從原始的喊叫聲或自然的模擬聲逐漸的分離，以更符號性、比喻性、暗示性的概念來代替，這種被象徵化的內容，必須在一定的或相同的文化圈範圍之內，才能知悉其所代表的意義。「音樂特殊感情」所以被認定，是歐洲音樂文化中的產物，不是原來就存在的，這個概念最早始於十九世紀初的歐洲浪漫樂派。他們認為音樂能使人產生感情是來自三方面的，一是音樂美的感情，二是音樂特殊感情，三是音樂的基本感情。所謂的「音樂特殊感情」，簡單的說，就是把音樂的種種要素，諸如調性、和弦、節奏、拍子、音程等等都賦與不同的感情性格。例如大調或大三和弦是莊嚴的、虔敬的；小調小三和弦是悲哀的、憂愁的等等。這種概念自歐洲音樂傳入中國之後，到現在仍然一直左右我們對音樂的欣賞、批評或創作與分析。

以十九世紀初，歐洲浪漫樂派所認定的音樂特殊性格，來解釋客家由中國大陸來台灣拓荒時，因勞苦工作、生活單調及思鄉的憂悶的狀況之下，所以捨棄古代中國五聲十二律不用，而使用悲哀的、憂愁的小三和音La、Do、Mi是理所當然的。個人認為這種說法有欠考慮，不足以採信。就事實來看，現存的客家老山歌歌詞中，百分之九十皆是表達男女相悅的情歌（註九），情歌何來悲愴與苦痛？

至於兩個族羣的祖先，在什麼樣的動機或條件狀況之下，選擇了或採用了適合於他們族羣所需要的音組織結構音——Mi、La、Do及Mi、La、Si所組合而成的旋律型？或這種旋律型音樂又如何為兩個族的人民所認同、接受及信守的？這個問題是非常嚴肅的，而且是值得民族音樂學家深思與探討的對象。依據一九八四年六月東京平凡社所出版的《音樂大事典》（一三四七頁）的註解，這種為各民族所使用的、信守的、傳統的固定基本旋律型其發生的主要原因，是來自音樂以外的要素，諸如，宗教、思想、社會等。

茲將〈旋律型發生原因〉原文摘錄如下：

第一に前近代的社會（主として東洋的封建社會）では個人の自由が拘束され、藝術における個性が著しく欠け，反對に與えられたものを固守する傾向ガ強かつた。

第二にこのような社會でほ，宗教ガ藝術と影響することガ多く，藝術の本質宗教的なものに求め，その神嚴性を強高調して人間の手を加えることを避けるという思想ガある。ことにインドではこの潮ガ強く，中國の雅樂にも著しい。テーガの名稱に，神神セ神話的架空人物あるいは實在の名人の名をとったものガ多い。

第三に民俗音樂の旋律を藝術化した曲ガ多い，それガ旋律型化してー地方のみならず広くゆきわたるばあいガある。地名を名とする旋律型の多い原因である。

第四に音樂と宇宙論を結びつける思想ガ強く（第二と關係ガある），朝晝夜間時や，日月星辰、山河の名をつけたものガある（インド、イステム）。

第五に音樂的要請ガ強く現れたものももちろんあり，主音の名や旋律型の音樂的性格（主として感情的性格）を表す名稱つけたものもある（インド、イステム）。

的確，就古代中國、印度、希臘的音樂音階、音程、音位的設定與宇宙現象、宗教思想、社會現象等有密切的關連，諸如古代中國以金、木、火、水、土五行分別代表西方的商、東方的角、南方的徵、北方的羽，中央的宮，又以一月至十二月分的季節分別代表太簇、夾鐘、姑洗、仲呂、蕤賓、林鐘、夷則、南呂、無射、應鐘、黃鐘、大呂等十二律；希臘則以木星、土星、月亮、水星、金星、太陽分別代表C、D、E、F、G、A、H七個音；在印度則以音階Sa、Ri、Ga、Ma、Pa、Da、Ni，做各種各樣的排列（大約有三萬七千種左右），而且各種各樣的音列均分別代表諸神的名字或晝夜、季節、日月星辰、山河、地名等等，但是原始民族或其它各民族的民俗音樂中，其基本旋律型的音組織或構造，是否也與宇宙的現象、社會的現象、宗教思想有關?由於沒有文字的記載，可能永遠找不到答案，但是可以肯定的是Mi、La、Do三音構成的基本旋律型，就是屬於台灣客家老山歌；同樣的是Mi、La、Si三音構成的基本旋律型，就是屬於賽夏族矮靈祭歌。而且這個基本旋律型，不是來自個人的，而是分別來自各族羣的集體意識，由於是來自集體意識，所以它是多義性的，當然分析也是不能窮盡的。

其次是分別介紹老山歌與祭歌音樂的特徵與

曲調的結構。

一、音樂的特徵——老山歌部分：

㈠在一個基本旋律型之下，附上不特定的歌詞，旋律的進行是依據四縣語的聲調及歌詞音數律的分配實施抑揚的變化。（所謂音數律，就是音節在樂句或樂段中平均分配的數律。）

㈡拍節不存在的自由節奏。

㈢音程較大，有跳躍的傾向。

㈣速度較慢，聲調音非常明顯，特別是先低後高的上聲。

㈤演唱的方式以獨唱為主。

㈥歌詞一律七言四句，無意義的襯字（syllable）放置於七言之間。

㈦原來是無伴奏樂器，但是使用伴奏樂器時，以胡琴較為適宜。

二、音樂的特徵——祭歌部分：

㈠在一定的基本旋律型之下，配上一定的歌詞。

㈡音樂伴舞，但是拍節不固定。

㈢迎靈曲與娛靈曲速度較慢，但送靈曲速度較快。

㈣音與音之間的滑音（Portamento）特別明顯。

㈤演唱的方式採集體齊唱為主。

㈥歌詞的音節固定，無意義的襯字（sylla-ble）放置於固定音節之前端或後端。而且每一首的音型固定。

㈦無伴奏樂器。

三、曲調的結構——老山歌部分：

㈠樂式是前樂段（ab二個樂句）與後樂段（a'b'二個樂句）構成。其中b與b'樂句的音價較a與a'樂句音價各長三秒至六秒。

㈡音域是完全在一個八度之內進行。

㈢旋律的構造雖然是依據聲調音及音數律分配而改變，但是終止型皆採一定的音形。

㈣Mi→La上行的四度旋律型使用次數較多。

㈤小節最初音數律的第二字之後，必須先停留在主音，然後再開展。

㈥一字一音的現象較為普遍，如字音延長必須使用無義的母音來代替。

㈦音數律以採二字加五字多，採四字加三字

者少。

綜合以上，有關老山歌與祭歌的音組音樂的特徵、曲調的結構分析，可以瞭解二個族羣音樂的概觀，並且很容易區別老山歌與祭歌在基本旋律型的結構音差異。

肆、生活節奏

在人間的社會中，因生活方式和形態不同，音樂節奏也各有不同。但是我們無法從這個民族生活方式形態之下所產生的歌謠或節奏去推理，與這個民族有著類似生活方式和形態的其它民族，應該會擁有怎麼樣的節奏歌謠？因為各民族的歌謠節奏形成，混合著許多複雜的因子，對於從事民族音樂研究者來說，要完全把握住這些許多複雜的因子是非常困難的，因此，如何從現存在於各民族的傳承歌謠中，探求可能與這個民族生活節奏有關的東西，是一個比較可行的辦法，以下就老山歌與祭歌的音樂之中，去找尋兩個不同族羣的生活節奏。

一、音樂的曲式方面：

從來研究台灣原住民音樂的學者專家，往往對於他們音樂反反覆覆的形式感到疑惑，因為他們在歌唱時，經常在一個簡單的或固定的單一旋律型之下，不斷的做數十次的反覆，直到他們唱累了或唱渴了才停止。

雖然賽夏族矮靈祭祭歌是固定的旋律型配上特定的歌詞，但是音樂曲調的結構，仍然是在一個簡單的樂句或固定的一個樂段的音樂形式，做無數次的反覆，個人認為這種現象可能是來自他們的生活節奏。相同的，客家人的老山歌二段體固定的音樂形式，也是來自於客家人的生活節奏，以下分別敘述。

客家人過去大部分從事水田農耕，對於世世代代從事水田農耕的客家人來說，經常是把一年當做一個週期，並且分春耕與秋耕二期作，每一期作中的播種、插秧、施肥、除草、收割都有一定的程序，春天播種，夏天收成，接著就是秋天播種冬天收成，冬天收成之後稍做休息，結束一年來辛勤的工作，並且決算一年來的金錢貸借或一些結束的變更等等。這種一年一週期二期作的時間工作觀念，反映在音樂的曲式就是固定的二段式。從老山歌二段體的曲調結構中，可以明顯的看出第一樂段與第二樂段的旋律進行過程，大致上是一致的，而且音數律的分配也是固定的（二字加五字或四字加三字），第一樂段結束時，僅停留二秒至三秒之間，第二樂段緊接其後，但是第二樂段結束之後，有一個較長的間奏，大約停留在十秒至十五秒之間，來突顯二個樂段的終止式。因此老山歌音樂固定的二段式是來自或反映著客家人水田農耕的生活節奏，當然是合理的也是正常的現象。接下來是探討賽夏族人的生活節奏。賽夏族人過去常居住山間，雖然也種植農作物，但是狩獵還是他們主要的生活方式之一，以狩獵為主要生活方式的民族，並不是把一年當做一個週期或把一年的春、夏、秋、冬做為狩獵出巡的工作季節觀念。而是依需要或不需要而定。這種無固定工作季節觀念的現象，也可以從祭歌的曲調結構中顯示出來。祭歌音樂的形式，就是一個簡單的樂句或一個固定的樂段做無數次的反反覆覆。因此可以說祭歌反反覆覆的樂式是來自或反映著賽夏族人民狩獵的生活節奏。

二、音樂的出發感與終止感方面：

客家人經常把「有始有終」、「一年之計在於春」、「好的開始就是成功的一半」……等等詞句，拿來勉勵自己，也用來鼓勵自己的朋友、學生或子女。但是，實際上效果不彰，主要的原因，是客家人的觀念中，常把重點放置於最後的習慣，已經由來已久不易改變，即使現在最常見的，就如喜、慶、開會、開幕等等入席入場的預訂時間，對於被邀請出席者而言，這個預訂的時間，經常被延長半個小時以上來考慮，所以遲到覺得是正常的。這種現象，在客家老山歌的音樂中所反映出來的是不明確的出發感。傳承的老山歌音數律分配的原則是二字加五字，很顯然的，前面是二字所構成的樂句，而後面是由五字構成的樂句，當然前樂句僅以二字來呈示其所要表現的內容，是太簡單了。因此有些民間藝人主張更改傳承老山歌音數律分配的方式，以四字加三字做為它山歌音數律的基準，來強調或突顯出發感的明確性。儘管現代老山歌有二字加五字音數律的唱法，也有四字加三字音數律的唱法，但是對於統一的及原有的終止型唱法，仍然是相當滿意的。

相反的，賽夏族人卻強調並重視出發感，賽夏族人為什麼特別重視出發感的原因?可能非常複雜，但是個人認為賽夏族人所以重出發感的理由，還是來自於他們生活的節奏。因為狩獵民族在出巡或出草之前，對於出發前的徵兆、現象、感覺、祭儀等等，都非常的慎重，並且很認真的去處理或考慮。賽夏族人演唱矮靈祭祭歌時，通常是由一個音頭來領唱，領唱者在慎重的音高選擇及完整的唱完一個樂句之後，全體歌手才一齊跟著附和，並且在齊唱一樂段後，全體歌手立即停唱。俟音頭再唱完第一樂句之後，全體歌手又一齊跟著附和，非常規律化，由於樂句樂段的反反覆覆，沒有一定的終止法可以顯示祭歌最後終止式，因此真正的終止式是在第二首祭歌音樂的出發點。

三、音樂的緊張感與鬆弛感方面：

從祭歌音樂旋律的進行中，可以看出祭歌音樂是充滿著緊張與鬆弛的現象，以第一首迎靈曲（raraol）為例。第一樂句（Kalina、Pikala、Coi）等連續三次由下而上的四度跳躍音程，製造了緊張的氣氛並延伸到taraol的最後一個音ol出現才放鬆，接著第二樂句o，（o）i，akoko、（oi）、Kali等連續四次由下而上的跳躍音程，製造了一波又一波的緊張感並在最後一個樂音na出現才放鬆，第三、四兩個樂句與第二樂句的音型類似，惟在第四樂句放鬆點之前，以（Wao）及（Wai）兩個上音製造了更緊張的氣氛，使得最後一個樂音（i）出現時，才真正的獲得了完全解放的鬆弛感覺。這樣以不斷的緊張之後又鬆弛的現象，做為祭歌曲調的結構，就是祭歌的音樂特徵。而這種特徵說明了賽夏族的生活節奏，是在緊張與鬆弛交替中進行的。相對的，客家老山歌並不具備緊張與鬆弛互相交替進行的旋律，祇有在中間終止或最後終止式時，由中間音La升到Do（小三度音程），再由Do向下滑音至Mi，才稍稍感覺到由緊張到鬆弛點。這種現象正也說明了客家人的生活節奏，是在平常鬆弛中到了最後關頭才擁有的緊張的觀念。然而，這樣的緊張是短暫的，因為接下來又是鬆弛的。

四、音樂的身體行動方面：

個人在一九八八年賽夏族矮靈祭期間的觀察訪問中所得到的瞭解，目前賽夏族人的信仰、生活習慣、語言等等有客家化的傾向，另外一方面三十五歲以下的人，大部分不諳賽夏族語，但是當祭歌迎靈曲（raraol）正式登場之後，不分男女老少在全體攜手邊唱邊跳，並依逆時針方向緩緩移動，移動的方式是當右足微舉，則左足躍前一步，將右足下地，重心移於右足上，左足則不下，引在右腿後，左足躍後一步，將在左足下地，身體重心移在左足上，右足則不下，引在左足前面，這種左右腳瞬間離地做上下跳躍，而且配合重心互相變化的音樂身體行動，對於世代從事水田農耕的客家人來說，是不容易辦到的。因為一般從事水田農耕者必須隨時隨地保持兩腳的穩定性，當前腳向後移動或後腳向前移動，都需要小心翼翼的而且緩慢的，新的變換位置上獲得穩定之後，才能變換位置，因此客家人在唱山歌時，儘管身體左右搖動，但是兩腳的重心是穩穩站在地面上。

五、音樂的強弱節奏感方面：

山歌與祭歌在旋律的進行當中，祇有聲調抑揚，而無強弱音的區別。

音樂的節奏有二，一是長音與短音交互而起的節奏，一是強音與弱音反覆而起的節奏。理論上，雖然是兩種不同的因素，但實際上長音往往產生強音，短音往往產生弱音。

儘管台灣地區的人民接受這種音樂節奏教育，已經有數十年了，例如最常見的說法就是二拍子的節奏是強弱、強弱；三拍子的節奏是強弱弱、強弱弱；四拍子的節奏是強弱次強弱、強弱次強弱。其實這種強弱的概念，至今並沒有做為我們決定拍節的基本要素。即使人人都能夠熟悉這些強弱拍的概念，實踐上也有相當大的困難。因為強弱拍子的觀念，是來自於生活的節奏，以擁有強弱弱三拍子的朝鮮族為例，朝鮮族民間的音樂所以擁有強弱弱三拍子的節奏，並非是從音樂教育得來的單純三拍子節奏概念。基本上，朝鮮族人把一拍子當做三拍子來思考。換句話說，我們認為二拍子的節奏，他們把它分割成六拍子；我們認為三拍子的節奏，他們把分割成九拍子；我們認為四拍子的節奏，他們把它分割成十二拍子來思考，並用於民間的音樂中。當然，擁有三拍子傳承音樂的地區，並不僅限於朝鮮族，世界上擁有強弱弱三拍子節奏感的地區、範圍、面積相當的廣泛。從亞洲的東北角朝鮮半島經中亞、安那托利亞半島，一直延伸到歐洲，幾乎橫跨整個歐亞大陸中央部分（註十）。然而，除此以外地區均沒有三拍子節奏的民間傳承音樂。雖然我們不知道強弱節奏的觀念是否與三拍子強弱弱的民間傳承音樂有直接的關係，但是可以肯定的是沒有三拍子民間傳承歌謠的民族，對於強弱拍音樂的概念是淡薄的。

從老山歌與祭歌音樂旋律中，是無法找到強弱拍的現象，曲調的結構中也沒有固定的或有規律的長短音出現。因此強弱感是不存在的。另外在此必須補充說明的是音樂的價值，不是取決於是否擁有強弱的節奏，重要的是這個民族需不需要有強弱必須分明的節奏。就兩個族羣整個音樂曲調來看，除了沒有強弱分明的節奏外也都缺少了衝突、逆轉及強烈對比的音樂形式，但是也能夠充分的表達人對生命、人對物、人對人的豐富情感。

伍、音樂的共感覺與感覺相互間異相

要瞭解一個民族的集體共感覺或比較兩個民族感覺相互間的異相，是極為困難不易的。因為一個民族的集體共感覺形成原因，可能與這個民族的歷史、政治、經濟、社會、宗教語言、風俗、習俗或者是文學、藝術等等有關；也可能受到某一個外來民族的影響或交流而造成的，另外一個民族的共感覺往往隨著時間、空間、行為的變化而變化，其變化的過程也很不容易把握。但是對於從事民族音樂研究者來說，在分析或瞭解這一個民族的音樂之前，首先，把握住這個民族的人民對於屬於他們自己的音樂共同感覺，是非常有必要的。例如，客家人對於老山歌音樂的共同感覺，不是在於旋律的美或不美，也不在於旋律的結構是否嚴謹，而是在於歌詞的即興創作。另外賽夏族人對於祭歌音樂的共感覺，不是在於旋律的美，也不在於歌詞的內容，而是在於共同參與矮靈祭祭儀的活動。基本上，兩個族羣對於屬於自身的傳承音樂——老山歌與祭歌，在感覺上有很大的差異性存在。

過去有許多西方著名的民族音樂學家，如Smith（一九二三），Hornbostel（一九二五、一九二七），Hartmann（一九三三），Paget（一九三三），Cowles（一九三五），Sachs（一九四六），Meyer（一九五六），Louger（一九五八），Mcallester（一九六〇），Marrian（一九六四）等等，在他們所做的民族音樂調查報告中，都詳細的說明，被調查訪問的民族，對於音樂的感覺，並且指出該民族與歐洲民族於音樂感覺上相互間的差異（註十一）。近代美國音樂心理學家E. Radocy與J. Boyle兩人在一九七七年合著的《Psychological Foundation of Musical Behavior》一書中，也明白指出：「人因音樂文化之不同，對於音樂的感覺與認知上，亦有極明顯的不同。最明顯的事實，就是學習西方音樂的人與非學西方音樂的人，在聆聽西方民族音樂時，經測試的結果，腦波及生理的反應現象有相當大的差異……」（註十二），著名日本腦科醫學博士角田忠信，在其一九八二年著：《右腦と左腦——その機能と文化の異質性》一書中指出：「日本人與歐美人因左右腦分別受傷的病患，以各種的樂音、語音、日常音、噪音來測試，病患的感覺認知反應，結果有極明顯的差異性……」（註十三），還有一位日本著名的民族音樂學家小泉文夫，在其一九八六年著《民族音樂の世界》一書中，也明確的指出：「印度人在聆聽音樂時，他們所期待的是通過抽象的音及音羣與演奏家共同分享哲學的體驗及數學的體驗，所謂音樂中被包含了人的基本感情——喜、怒、哀、樂、愛、恨、慾等等是完全不存在的，這種共感覺是來自印度古代社會身份制度——卡斯特（Kaste）的關係。」（註十四）就以上所述，的確，世界上的各個民族在自然人化的過程當中，存在著許多不同程度形式、形象、意味的積澱，而這些積澱又促成了各民族創造了更豐富多彩的音樂。相對的，也造成了各個民族之間，對音樂的感覺與認知差異。

個人曾經以小提琴空弦的四個音G、b、a、e分別以紅色、黃色、藍色、黑色等四種不同的顏色，在鋼琴上彈奏，由八位音樂系學生來選擇，測驗結果得到一個共感覺，這個共感覺就是在鋼琴上彈奏高音e音時，學生都選擇了紅色，當鋼琴彈奏次高音a音時，學生都選擇了黃色，當鋼琴彈奏低音b音時，學生都選擇了藍色，當鋼琴彈奏最低音G音時，學生都選擇了黑色，這種測驗是以年輕的學生為對象，而這些學生都正在學習西方的音樂，另外，個人也在一九八九年農曆元月二十日，客家人稱這天為天穿日（二十二名補天穿日，世俗以為古時女媧氏，係在這天補天。）（註十五）當天以參加今年台灣地區客家民謠比賽的十九名老歌手為對象，分別以紅色、黃色、青色、綠色、藍色、白色、黑色等七種顏色，請他們選擇最喜歡的兩種顏色，測驗的結果，十六名選擇了紅色與黃色，當個人再請教他們「如何唱好老山歌?」時，十九名老歌手一致的答覆「老山歌要唱的好，音要高而且要自然」，從音樂系學生到客家老山歌手的測驗，也都有一個共感覺，這個共感覺就是紅色與高音的組合。同樣地，個人在一九八八年賽夏族矮靈祭祭儀期間，以賽夏族人二十二名為對象，其中受訪者四十五歲以上佔十六名，其餘均在二十八到四十歲之間，由他們在紅色、黃色、青色、綠色、藍色、白色、黑色等七種顏色之中，任選兩種最喜歡的兩種顏色，測驗的結果，有十八名賽夏族人只選擇了綠色，其它顏色不做選擇，另外四名分別選擇了紅色白色或黃色紅色。當再請教他們「如何唱好祭歌?」時，他們都認為「領唱者發音要適中，不能太高或太低，男女老少都能唱，而且要唱的久，發音太高太低都非常危險，因為祭歌不能唱錯或間斷，祭歌間斷會影響祭儀的進行」，就賽夏族人所選擇的顏色與音高，仍然是吻合的，因為綠色屬於詳和的中音系列。

過去音高、顏色、線條的組合，常常被色彩學家、音樂心理學家、美學家、文學家做為判斷或表示一個民族性的依據，但個人在此所做的測驗，並不是要說明兩個族羣對音、色、線的組合，所反應的性格，而要表示兩個族羣，對於感覺與感覺相互間所存在的差異性，而這個差異性的理解與掌握是聆聽或分析異民族音樂所必須的。

綜合上述可以得知，賽夏族人對於祭歌音樂的共感覺與客家人對於老山歌音樂的共感覺有很大的差異性，從這個差異性中我們也可以瞭解賽夏族人及客家人，現在或今後對於音樂所偏重及發展的方向。另外兩個族羣人民對於音高、顏色選擇與嗜好也各有不同，從這個不同之處也可以判定這兩個族羣對異民族音樂可能吸收或排斥的程度。

■結語

過去民族音樂學的研究，是將一個民族的音樂分成二部分來研究，一部分是民族學的，一部分是音樂的。前者是蒐集整理一些民族誌、民族的專刊、集刊等文獻資料，曾經刊載有關於這個民族的歷史背景、分布概況、生活情況、風俗習慣、祭儀活動、語言等等。後者是將錄音的歌謠五線譜化，並將五線譜化的每一首歌謠，做曲調的結構分析，而一般分析的做法，是把音階的排列歸屬於古代中國某一種調式之中，而旋律的曲式、音程、音域、節奏、和聲的問題，則以歐洲音樂的理論與方法來處理。其所獲得的成果是民族的與音樂的各別認識或瞭解。就以上的成果之中，我們仍然沒有辦法知道，這些民族的什麼樣實質的東西或有規律的法則與這個民族音樂所構成的基本旋律型、音程的關係、曲式的組合等等有直接的關連。另外，這個民族傳承的音樂中，其所展現的音程距離與倍音律音程距離或由十九世紀末德國管風琴家魏克麥斯特（Werckmeister 一六四五～一七〇六）所設計的十二平均律音程距離，存在著有多少的差異？而這個民族的音樂音階排列或組成又與自然音階，畢達哥拉斯（Pythogoras BC五八二）音階、中國古代五聲音階的排列或組合，有什麼不同？其次是記譜法的問題，雖然現在世界上還沒有一種記譜法，可以完全忠實的，正確的將各民族的樂音記錄下來，但必須承認的或說明的就是以五線譜所記錄下來的各民族的傳承音樂，不完全是真實的音樂現象。

基於以上的理由，個人針對這個問題，開始嘗試以一個民族的音樂，來觀察民族文化與音樂的融合關係。但是在分析、解釋或說明這兩者關係的同時，往往須要借助其它民族音樂的特徵、性格及音樂的現象，來加以印證。然而，這些被藉助的民族音樂，在沒有充分的瞭解及掌握住各別民族對於「音樂」的概念或音樂感覺相互間的異相之前，隨便的引用可能有斷章取義的危險。因此先以兩個鄰近的族羣中

●民族性與音樂的形成有密切關係。（劉還月／攝影）

●勤儉的客家人以棕櫚葉骨，製成蒼蠅拍。（劉還月／攝影）

●美濃紙傘是客家人的傳統工藝。（劉還月／攝影）

▲受產業轉型影響，美濃製傘業產量大減，甚至移至中國重新出發。（劉還月／攝影）

較具「代表性」與「特殊性」曲型的傳承音樂做為比較、觀察、分析內容，而且選擇了在歷史文化、生活方式、環境背景有顯著不同的客家與賽夏族做為探討的對象，來看民族的什麼東西被反應在音樂之中，而音樂之中又表現了民族的怎麼樣的內容。

本論文探討的重點，僅限於兩個族羣音樂的傳承學習，音的構造與曲調分析、生活節奏、音樂的共感覺與感覺相互間的異相等四個項目，而這四個項目不是固定的形式，主要是依據兩個族羣，在傳承音樂中所擁有的特性而設定的，以下就本次研究老山歌與祭歌所獲得的結果，分述如後。

一、在傳承與學習方面：

客家老山歌的歌詞是即興創作的，歌詞的內容以七言四句的情歌為主。曲調在一個基本旋律型之下，附上不特定的歌詞，旋律的進行是依據四縣客家語的聲調及在音數律的分配之下，做抑揚的變化。而賽夏族矮靈祭祭歌是在一個一定的基本旋律型之下，配上一定的歌詞，歌詞的內容複雜冗長，全部祭歌有十八首旋律。

由於老山歌歌詞是即興創作，而內容又以七言四句的情歌為主。由於祭歌只能在矮靈祭祭儀之前一個月左右，才開始溫習或練唱，而祭儀結束之後不准練唱或溫習。因此，老山歌與祭歌在傳承與學習都非常困難不易，再加上過去兩個族羣都缺乏職業的音樂家，來維護傳承及教導工作。至今所以還能繼續的存在，其主要的原因，是兩個族羣的人民都把它當做祭儀或生活中重要的一部分。

二、在音的構造與曲調分析方面：

客家老山歌的音階構造，是以Mi、La、Do三個音為主；賽夏族矮靈祭祭歌的音階構造，是以Mi、La、Si三個主要音，所組合重疊的四度旋律型為主。雖然兩個音組織很接近，但不能交流互換或變更，主要是因為音的構造基本旋律型組合的方式不同，而這種不同的基本旋律型又為各別族羣人民所信守的、喜好的。儘管曲調抑揚有所變化，但基本旋律型是不會改變的。如果將老山歌的音組織Mi、La、Do改成Mi、La、Si就變成了祭歌。而祭歌的音組織Mi、La、Si改成Mi、La、Do就變成老山歌了。另外這個基本旋律型的形成，不是來自個人的，而是來自於民族的集體潛意識。

其次有關於曲調分析方面，雖然老山歌與祭歌在音樂的曲式構造各異，演唱的方式不一樣，但是兩者曲調的速度都較緩慢（老山歌的速度是每一分鐘五十拍左右，祭歌的速度是每一分鐘在五十五拍到七十拍之間。）、音域較窄小（老山歌是八度，祭歌是五度到九度之間。）音程是Mi→La的四度旋律進行出現次數較多，字與字或音與音之間都加上了許多無意義的襯字或音節。從以上曲調的分析可以瞭解，民族的傳承音樂是擁有時間性與空間性的。

三、在生活節奏方面：

民族音樂的節奏是反映民族的生活節奏。

從客家老山歌與賽夏族矮靈祭祭歌的音樂節奏中，諸如樂式的段落感、旋律的出發感、終止感、緊張感、鬆弛感、音樂的身體行動感、音樂的強弱感等等，可以明顯的區別兩個族羣不同的生活節奏。雖然在音樂的諸要素中，節奏是混合著最複雜的因子，但是在民族音樂裡，最容易找到代表各民族的生活節奏。因為民族音樂的生活節奏——強、弱、快、慢、出發、終止與民族的生活節奏——輕、重、緩、急、開始，結束等等觀念，是息息相關的，就目前的社會來說，也是可以適用的，例如工業社會與農業社會的生活節奏不同，其人民所喜好的音樂節奏也大不相同。

四、在共感覺與感覺相互間的異相方面：

近數十年來，由於交通的改善，民族與民族之間的交流擴大、視聽器材與電波的傳送不斷的進步，加上音樂教育一元化、普遍化等等，世界上各民族對於音樂的曲式、節奏、音階的構造，必定會逐漸趨向於一致，而音樂的強、弱、快、慢，音樂音程的距離差距，也必定會縮小，進而各民族的傳承音樂，被重新改造或聚合的命運是無法避免的。但是也用不著太操心，因為各民族對於外來民族音樂吸收或重整過程中，必定會有選擇與排斥。畢竟，各民族因歷史、文化、政治、經濟、社會等要件，所促成的各民族共感覺的差異性是永遠存在的。

從現在的客家人對於老山歌及賽夏族人對於矮靈祭祭歌的共感覺，至今仍然存在著很大的差異性。另外客家人對於音高與顏色的選擇及賽夏族人對於音高與顏色的喜好等也不一樣，因此，各民族對於外來音樂的吸收，必定會有選擇與排斥。然後，更適合於這個民族多數人所喜好的民族音樂又產生了，而這新產生的民族音樂又經過數十年或百年之後，就變成了傳承的音樂，甚至在數百年之後，就變成了傳統音樂了。總而言之，民族音樂的價值，不單是取決於它的內容，也取決於它的形式，更完善的說，是取決於內容和形式的統一。民族音樂研究的目的，不是在於提供現代藝術音樂創作的內容，更不是為著提供舞台或劇場演出的形式，而是更重要的是去探討民族的與音樂的融合關係及音樂中所代表的意義，更進一步的指出音樂與人類未來的關係。

綜合以上所述，僅管兩個族羣有著類似的歷史背景及同樣的生存艱困環境，但音樂的基本旋律型構造存在著差異性，這個差異性亦不因為文化的融合過程中，而有所改變，其所以不能改變的因素固然很多，但是我們可以從各方面去探討，諸如生活的節奏、音樂的共感覺等等，甚至可以從各民族的生命儀禮，傳統的祭儀活動之中，去找尋這個差異性的原因。另一方面，我們探討族羣的關係與區域性的發展，其主要目的是希望透過族羣與族羣之間的互相接觸、往來、採借、融合、互動等方面的觀察，獲至初步的認識與瞭解，並且從這些認識瞭解之中，去推測未來可能的發展，但是個人認為當我們在探討族羣與族羣之間互相接觸，往來、採借、融合、互動關係同時，對於造成無法採借、融合、互動的因素，一併提出來討論是有必要的。

本論文第貳、叁、肆、伍章中，對於兩個族羣音樂異質性研究分析時，不祇是單純的音樂結構分析，而是在音樂結構中，說明兩個族羣的社會現象、生活節奏和心理的共感覺差異。並且從這些現象、節奏、感覺之中去體驗文化中音樂所代表的意義。僅就賽夏族矮靈祭祭歌音樂節奏為例來說明：從十八首祭歌中，所呈現出來音樂的緊張感之後的立即鬆弛感與不明確的終止感，就是賽夏族人的生活節奏。但是當賽夏族人在實踐他們正常的生活節奏感時，卻已經被其它族人認定是影響和不能調適的差異，或已經被其它族人做為排斥，譏笑的理由。這是相當不公平、不合理的，而且是極為不友善的態度。因此，對於各別族羣中某些異質性的探討和理解，是有助於未來族羣與族羣的關係及發展的。

註釋

註一：雨青《客家人尋根》，台北，武陵出版社，一九八五，頁一八一。在康熙二十五、六年時，廣東嘉應州屬的鎮平（今改蕉嶺）、平遠、興寧、長樂（今改五華）等縣，謂之四縣。

註二：陳運棟《客家人》台北，東門出版社，一九八八，頁一一五。廣東惠州府屬的海豐縣，陸豐縣等二縣，謂之海陸豐。

註三：羅香林《粵東之風》，北京大學中國民俗學會民俗叢書，一九四七，頁一二五～一四一。牛郎《客家山歌》，北京大學中國民俗學會民俗叢書，一九五七，頁一二～一一八。賴碧霞《台灣客家山歌——一個民間藝人的自述》，百科文化事業出版社，一九八三，頁六四～一二二。

註四：賽夏族矮靈祭祭歌的全部面目，共十五首。

(1)迎靈曲：raraol一首。

(2)娛靈曲：①rali②Kapapabalay③boeloe′④Kapa′ae′aew′alim⑤hioaloalo⑥bono′Wa Lawa Lon⑦a′on2L⑧2k2y⑨bonol Kaptilolol⑩binbinlay2n計十首。

(3)送靈曲：①p′osa′，②A′libin③Korkoroy④MatanosiboLok，計四首。

註五：林衡立，〈賽夏族矮靈祭歌詞〉，《中央研究院民族學研究所集刊》，第二期，一九五六，頁三一。

註六：譜例參考書目如下：

呂炳川《臺灣土著族音樂》，台北，百科文化事業出版社，一九八二。

小泉文夫《日本傳統音樂研究》，東京，音樂之友社，昭和三三年，一九五九。

關鼎《アヅア諸民族の民謠》，東京，音樂之友社，昭和五三年，一九七九。

Curt Sachs《Rhythm and Tempo, A Study in Music History》New york, W W Norton, 一九五三。

《The Wellsprings of Music》Martinus Nijhoff, The Hague, Netherlands, 一九六一。

註　七：雨青《客家人尋根》，台北，武陵出版社，一九八五，頁一九五。竹東鎮舊稱樹杞林，位於新竹縣的中央，西連新竹市，東南一部沿上坪溪，一部依五指出而棲五峯鄉，西南山後與北埔、寶山兩鄉毗鄰，東北與芎林、橫山兩鄉為界，西北以頭前溪與竹北鄉隔水相望。整個地區形成狹長地形，狀似游鯉；水田、山林、園地約略相等。地理環境不錯，因此初期來台的移民，對這一地區的開發，大致來說，不算遲。客家人的入居這一地區，大約在乾隆三十年（一七六五）到嘉慶年間而大盛。

註　八：度邊護《音樂美の構造》，東京，音樂之友社，昭和六〇年，一九八六，頁二三三～二九三。

註　九：同註三。

註　十：小泉文夫《音樂の根源にすゐもの》，東京，青土社，昭和六〇年，一九八六，頁六一～六七。

註十一：藤井知昭、鈴木道子共譯《音樂人類學》，東京，音樂之友社，昭和五五年，一九八一，頁一一一～一三一。

德丸吉彥譯《人間の音樂性》，東京，岩波現代選書，昭和五二年，一九七八，頁一～四二。

註十二：德丸吉彥、藤田芙美子，北川純子共譯《音樂行動心理學》，東京，音樂之友社，昭和六〇年，一九八六，頁三一～三三。

註十三：角田忠信《右腦と左腦——その機能と文化の異質性》，東京，小學館發行所，昭和五九年，一九八五，頁四三～七八。

註十四：小泉文夫，《民族音樂の世界》，東京，日本放送出版協會，昭和六〇年，一九八六，頁一四二～一八一。

註十五：張祖基《客家舊禮俗》，台北，眾文圖書公司，一九八六，頁六〇。

客家話與山歌

——客家文化的保存與發展

■謝俊逢

客家山歌是以四縣的聲調，
在客家獨有的、
傳承的旋律型，
做高低、長短、升降的變化。
因此，
如果將客家話做廣義解釋時，
「山歌」應該是被包含在其中的。

非音樂界的朋友經常以同樣的問題問我，問題是——「你們客家山歌有幾首？」，平常我都一笑置之或以「不知道」來回答。但是，從事音樂工作數十年的老師也以同樣的問題提出時，我就會立刻感覺到失望和驚訝。

客家山歌的特徵是一種無固定旋律線和固定歌詞的民歌。簡單的說就是同一個人以同樣的歌詞，在不同的時間和地點演唱，其旋律線可能就不同。相對的，同一地點不同的歌詞，其旋律線也不同。過去，我們總把民歌的定義界定於作者不詳的民間所唱的歌為主。其實，這種界定是不正確的。因為每一位山歌演唱者就是創作者。

客家山歌是以四縣的聲調，在客家獨有的、傳承的旋律型，做高低、長短、升降的變化。因此，如果將客家話做廣義解釋時，「山歌」應該是被包含在其中的。山歌與一般的藝術歌、流行歌最大之不同地方，除了演唱者做即興的創作外，其傳習完全是由口來傳，用耳朵去接受之後立即用頭腦去分析思考的。一般來說，唱山歌最困難的，也是客家人最有興趣去學唱山歌的原動力為除了前述的即興創作歌詞外，應該是如何將這些語音的音韻、聲調和句逗的形式，在傳承的旋律型架構之下做旋律的抑揚變化，而這些抑揚變化後的人為造型語言又不能脫離自然的生活語言，因為它必須在自然的生活語言之基礎上，才能有效的、快速的將演唱者所要表達的思想、感情等傳達給對方，使聽者不需要透過視覺感官的反映，就能直接感受到親切真實。至於有關旋律型是一個怎麼樣的樣式？或是它是如何形成的？另外音數律又是如何被支配的？……等等問題，雖然過去有許多論點被提出來，但迄今仍未定論。此處限於篇幅無法一一例舉。

今日，客家山歌依然繼續在民間傳承著，而且不受任何外來的歌曲影響而有絲毫之改變，其最主要的因素是山歌的旋律浮動性仍然受到客家語言聲調的約制。換言之，就客家語言音韻的要素中，如果聲母和韻母與山歌有一定的關係，則聲調和山歌旋律變化的關係，將是顯得更重要，因為聲調本身就就已包含了音樂上的旋律因素。例如陰平到陰平的字調（上下），反映在旋律線時，就是同度音連續之後尾音必須往上滑音：如上聲到陰平的字調（咁靚），反映在旋律線時，就是先高音後低音在尾音地方再往上滑音：如陰入到陰平的字調（客家），反映在律線時，就是同度音之後再往上滑音，但前字調必須斷音：如陽入到陰平字調（月光），反映旋律線時，就是先高音後低音再往上滑音，但前字調必須斷音。以上是例舉均以兩個字調主，但是若連接二個以上字調音時，聲調和旋律線也會產生變化的。

就上述的客家話與旋律的運動有關之外，山歌歌詞的結構與山歌的音樂形式，也有密切的關連。由於山歌音樂樂節的劃分，並非以語音之強弱音節為依據，而完全是以詞的音數律分配做為根據。例如老山歌的樂句是由二字和五字或四字加三字的兩個個別的樂節所組合；而山歌仔和平板的樂句是由二字、一字、一字、二字、一字的五個樂節所組合而成，其組合的方式是相當有規律的，另外樂節與樂節之間，常用無意義的音節，來做為字調與字調的連接或分割。就整體的音樂形式構造，是以七個字調的樂節組合做為一個樂句；以十四個字調的二個樂句組合做為一個樂段；以二十八個字調的二個樂段組成一首山歌。

總而言之，山歌的旋律線形成與音樂形式的架構，完全是取決於客家話聲調的抑揚和歌詞音數律的分配。所以客家話之延續及再精進，攸關山歌的保存及再發展之主要關鍵。

作者簡介：

謝俊逢／一九四九年生於台灣苗栗。日本東海大學大學院藝術學碩士，專攻音樂美學、民族音樂學。曾任中央研究院民族所約聘助理研究員、《客家》雜誌總編輯，現任政戰學校社會科學部音樂系專任講師。

族羣內部的歧義性

——六堆建築之旅

■陳板

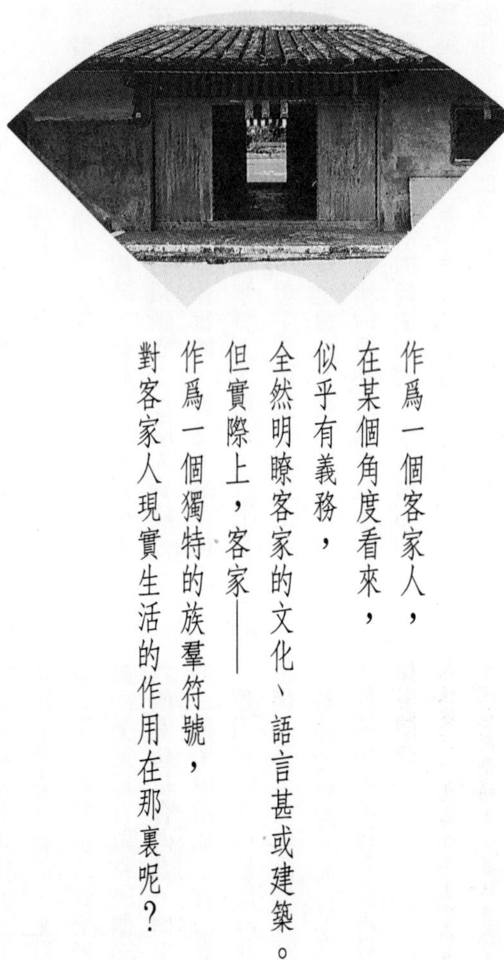

作爲一個客家人，
在某個角度看來，
似乎有義務，
全然明瞭客家的文化、語言甚或建築。
但實際上，客家——
作爲一個獨特的族羣符號，
對客家人現實生活的作用在那裏呢？

■特殊的地理名詞

六堆是一個穿越滿清、日本和民國時代的特殊地名，時至今日雖然在地圖上看不見這兩個字，可是她仍舊是當地人樂於使用的老地名。同時，她也是一種文化地名，在當地是一個與「客家」劃上等號的地理名稱，六堆的第一本鄉土誌就是以《六堆客家鄉土誌》命名的。這種把「族羣」與「地域」直接對等結合的地名，應當是極為特殊的現象罷！

在台灣，六堆和桃竹苗合成南北兩個客家大本營。這幾乎是台灣人常識的一部分。然而，自小生長在新竹鄉下的我，卻一直要到唸到大學才知道在南台灣還有一個叫美濃的地方，是台灣傳統建築中少見的有閣樓形式的聚落，而且還和我居住的關西一樣也是個客家庄。稍晚些才知道美濃有一個重要級的客籍作家鍾理和先生。

然而，一直到什麼事都沒辦法做的兩年做兵期，才開始閱讀鍾理和的部分著作，直到退伍慶祝新生活的來臨和兩個好朋友騎著鐵馬，在台灣跑了一個月，才初次來到美濃。那天早上快近中午時，我來到慕名已久的鍾理和紀念館，我迫不及待地穿過紀念館旁的菓園，尋找理和先生小說中那位美麗又偉大的客家女性。然而，初一見面真令我嚇了一大跳，站在我面前的竟是一個十分平凡的農村老阿婆。

老太太走在我面前，述說著理和先生的生活點滴，為我破例打開例假日才開放的館門。當我從樓上走下來，重新面對老太太坐了下來，樓梯下的側門逆光打在老太太側著的面頰上，聲音持續在空氣中放送出來，不平凡的故事在老太太優雅的對白中一絲一縷地流了下來，這時我又再度感受到理和先生筆下那位美麗又偉大的女性正坐在我面前。我決定把這個印象拍攝下來，老太太很大方地讓我按下快門。我感覺，我可以有能力告訴他人，如何閱讀一位白髮老人的青春風韻。離開紀念館時，老太太竟遞給我五百塊大鈔（當時，一千元鈔票還沒問市。）說是要給我這個鐵馬騎士做盤纏，當時我眼淚差一點掉出來，我以為逝去多年的祖母穿透時空現身眼前呢！

從墾丁騎上高雄時，遇上颱風，左堆佳冬對我而言，根本只是風雨中的街景而已。

因此，六堆第一次進入我的生命經驗還是要從右堆美濃算起。當時給我最強烈的印象是走遍台灣，竟在遙遠的南方發現有一羣人和我說著相同的語言，以及美濃國小林老師為我熱情介紹本庄的開發簡史及地理環境。第一次的六堆經驗我是既陌生又熟悉。

第二次六堆經驗則是遇見來自美濃的好友李允斐。幾年前，在一次偶然的機會看到《客家風雲》雜誌，第二期刊載符耀湘先生介紹內埔劉宅，符先生以優美的文筆介紹南台客家建築，給我很大的感觸，同期也刊登數張摘自日本《住宅建築》的福建客家土樓照片，加上之前剛聽完台大劉可強先生一場閩西土樓的幻燈演講，這些經驗是我學建築以來第一次思考到空間與族羣之間的關係。它促使我寫了一封信給雜誌社，編輯先生把它刊在第五期的「讀者投書」上，或許信末這段話：「至於『測繪』，是很能記錄一個文化生活的一種方式，這次我到美濃正好碰見美濃國小的一位林老師，透過他的介紹，我拍了一部分美濃的幻燈片，並準備有機會再去做城鎮結構的調查……」引起正在中原建研所以美濃為對象寫論文的李允斐的注意。於是使我有機會與這個南台客庄又接上了線。

然而，在當時我對於六堆民居的風格幾乎毫無知覺，更不用說對美濃的城鎮結構提出具有建設性的觀點。

■初入客家空間

再下一次的六堆經驗則一直要晚到一年半前與李允斐合作撰寫〈日久他鄉是故鄉——台灣客家建築初探〉時，所進行的六堆田野觀察。

在我的日記本上這樣寫，「六堆客家地區，對我這個北部客家人而言，真是個陌生的國度。」

來到龍肚大崎下的穎川堂鍾屋，是我第一次真正踏進六堆客家人的生活空間。當時，在我內心的感受和我到香港、日本及中國大陸的體驗甚為類似，我很直接地便將這樣的空間和我自小所熟悉的關西下南片陳屋公廳及竹北六家

●美濃龍肚的鍾屋伙房，質感樸素，相異於北台的客庄。（劉還月／攝影）

●鍾屋伙房祖堂神桌下的土地龍神香座。（劉還月／攝影）

的林屋老伙房做比較。強烈的陌生感使我能很輕易地察覺彼此之間巨大的差距，我也十分珍視這個陌生感，我把它當作進入六堆這個不同空間相同語族的觀景窗。

鍾屋伙房是大崎下附近相當典型的客家民宅，當年自美來台的人類學家孔邁隆先生不但正是以大崎下附近作為田野觀察對象，甚至還是住在鍾屋的左橫屋之中。這座雙堂伙房屋，給我的印象是質感素樸、禾埕寬闊、環境淨潔以及更重要的是我無法以北台客庄的空間生活經驗詮釋著名的南台客庄之空間意義。最後這點讓我嚇了一大跳，為何同屬「客家族羣」的兩個空間，竟可因時空之隔而有如此巨大的差別，現實的存在幾乎打破以印象中對於客家建築應有某種共通性的刻板看法。也激起我認真面對台灣客家建築的情緒。

這次的田野觀察，基本上是由精熟六堆民居風貌的李允斐帶領，走馬看花地流覽美濃、內埔、佳冬等六堆客庄，主要的工作僅在印證李在六堆地區長期的田野觀察的初步成果。這趟六堆建築之旅，使我受益良多，也讓我有機會開始進行客家的空間文化形式之分析思索。

■台灣客家建築的特殊性

經過了這次的田野觀察之後，李允斐和我兩人對過去在西海岸所進行的客家建築的觀察，試圖找出其某個層面上的共通性。我們在形式上面發現台灣（西部）客家人的建築形式並沒有明顯的一致性，可卻發現這些建築形式會隨著地域的變化而有所改變，而且大體上還是可以察覺得出每個不同地域的客家人幾乎都有一套屬於自家的「客家建築觀」，只不過其間的共通性還無法在形式上取得。

我們同時發現，台灣的客家建築早已和大陸的客家建築有截然兩樣的形式，勉強地說僅有極少的建築仍舊可以找得出「原鄉風貌」，絕大多數都已是「他鄉風貌」了。為了進一步確認這種「他鄉化」的現象，以及尋找因他鄉化所形成的「在地化」之原動力，我們計劃觀察客家移民的「二次化」及海外客家移民的建築田野觀察。試圖在「文化變遷」的角度再次觀察台灣客家人的居住文化。

一九九一年，臺原出版社舉辦田野文化營，邀我和李主講台灣的客家建築，並以美濃為例作現場印證，給我再度來到六堆的機會，這一次的出擊，除了補看到新埤和佳冬這兩個左堆村落的部分建築之外，我們還進一步執行先前的計劃——觀察由六堆他遷的二次移民生活空間「車城」、「保力」和「滿州」。這個二次移民的客家建築觀察，讓我明確地瞭然先祖自中國遷台時的「空間遺忘」和「空間記憶」。

一九九二年，臺原出版社再度舉辦文化營，並進一步設立以深度觀察為目的的「田野工作營」，並以佳冬作為建築觀察之據點，我懷著一顆忐忑卻又興奮的心情接下主講工作。再次來到佳冬，是由我自己獨立進行觀察，自家與觀察對象之間的關係較直接，這也是我比較喜歡的。

再訪佳冬使自己發現對六堆的感覺實在陌生得很，因此我重新翻閱有關六堆的開發史。重讀六堆史使我驚覺，我在空間上的陌生感是其來有自的。六堆的社會結構和北台客庄有截然兩異的狀況，鄉民的思考模式也與北台大不相同，反應在空間上的現象自然有極大的差別。

■進入六堆

我們從潮州搭公車，一路上劉還月要求學員記下每一個經過的站名，認識每一條路過的道路號碼，以作為進入田野的初階工作。可是，我們最後竟錯過了佳冬站，我之所以發覺公車過站，是因為佳冬三山國王廟在前一次來訪時就已進入我的印象，在路樹和房舍的遮隱下還是被我看到了。然而，這個「錯誤」反而使我有機會感受到由庄外進入這個庄頭的整體印象。趁著這個機會，我利用路旁建築的堂號當素材概略介紹南北客庄的區別。快進庄時，一個極小格局卻五臟俱全的四合院屹立在鎮南路旁，這也是南台客庄具代表性的建築形式。除此之外，在當年聯考上榜家庭的大門上貼紅榜的景觀也是南台特有的，這樣的習俗會受到鄉長、校長、家長會長甚至縣長的重視，想必已經發展了一段歷史了，也應當有其獨特的人文影響作用罷！

豬灶伯公是一座位於水溝旁的典型客家老伯

公，住在附近的一位老太太對著好奇的我們表示，以前這裏有一間豬灶，現在雖已搬走但還是叫「豬灶伯公」，很靈。同時她也覺得客家人還是應拜伯公，至於與伯公很像的地方小神「五營」則是福佬人拜的，如今佳冬人也開始拜五營大概是受到福佬人的影響。古式伯公在福佬人看來甚覺奇怪，大概是因其墳形的外貌……

三山國王廟經常被稱作客家的守護神，在庄外就可以看得到，是一個十分振奮人心的地標。在蕭屋第一堂左側牆上，懸掛著蕭家人三十餘年前所拍攝的三山國王廟舊影，在蕭屋頗為寬闊的半月池前，立著一座單層高的國王廟逆光剪影，動人十分。而今的三山國王廟則是個拔高有三層樓高度的新式廟宇，幾乎和全台各地的「現代廟」沒有兩樣，而且當年頗為寬闊的蕭屋半月池，如今則僅剩一條圍著禾埕而繞的臭水溝了。著名的佳冬蕭宅「五落大厝」（一種順著福佬人的說法）便隔著這條彎月小水溝與三山國王共享一個廟坪。填平之後的半月池外緣如今已成了廟坪的一部分，我們到達時，擺滿了小賣攤子使內政部的欽定三級古蹟的威風大打折扣。當天下午，工作營的同學們紛紛表示，實際的蕭屋不知為什麼沒有印象中（或文獻資料、報章雜誌上）「五落大厝」的氣度。尤其和蕭屋旁同為「五落大厝」的羅屋相比，蕭屋的格局反而顯得小了一號。

這種格局的轉變，不知是否與蕭家人的家道中落之運命有關係。在鍾壬壽先生編著的《六堆客家鄉土誌》上記載，蕭家在蕭光明時代擔任第九代的六堆總副理，孫輩的信棟、恩鄉也均是地方頭人，一直到恩鄉之子福應先生仍擔任鄉長。根據佳冬人表示，恩鄉曾是當年老蔣座前紅人省主席吳國楨的「換帖的」，吳國楨在省主席任內還數度來訪蕭家。可見當時蕭家的氣勢真是盛極之至，但後來據當地人表示，因為「派系鬥爭」之故，福應在鄉長任期未滿之前即下了台，蕭家的運道似也因之急轉直下。蕭家和吳國楨的關係，使之扶搖直上卻也使之一蹶不振。後來吳國楨恃才得罪小蔣，終於遠走海外，但他仍是個有風骨的政治人物，蕭家能和吳「換帖」想必應有一定程度的氣節罷！

如今的「五落大厝」，實際居住在內的也沒有幾戶人家，大多數似乎都不願意住在這間著名大宅院中，而紛紛外出謀頭路。在某個角度看來這些外出者真傻，但回過身來想想自家的情況便可明瞭，如今的社會，要當個「回鄉人」真有登天之難！

少數還住在老宅中的人甚至還表示，希望木頭早日腐爛，以解除因「三級古蹟」所帶來的建築限制，以改善自身的經濟生活。其實，全台多處私有古蹟（及部分公有古蹟）幾乎都面對相同的問題，「古蹟保存法」成為房地產跌停板的代名詞，莫怪大家都對這項政策做強力的反彈。

■佳冬蕭屋

第一堂有明顯的改建痕跡，據蕭屋主人表示，是因為颱風刮壞才予以重修，現在的風貌是與台北迪化街相同形式的西洋（日式？）風貌。以蕭家在日本時代「受日人尊為地方第一流紳士」（鍾壬壽編著《六堆客家鄉土誌》）的社會地位來看，蕭家在當時，利用風災之機會趕赴社會的（上層）流行是不難理解的。應當不致於壞到林衡道老前輩所批評的「頗為不倫不類、美中不足」的程度！可是也並非如陳世海教授所描述的「正顯示出客家人所抱持的既崇古又尚新的民性」般之偉大，更不用說因而牽拖上「與日本民性相似」之「無限」聯想上了。

從現存的狀況看來，蕭屋的牌樓式門面頗和佳冬附近及更南方風害益加嚴重的車城、保力一帶的客家村落及二次移居地的立面，有十分神似的面貌，而這樣的作法也幾乎是對付強風掀瓦的最大功臣。因此，在我看來，蕭屋第一堂門面的不中不西表現，極可能只是一套強勢文明進入固有的（相當弱勢）文化中的一次極自然的空間展現。過多的比附和盲目的貶斥似乎都只增加研究對象的神秘色彩。

蕭家的第二堂是「祖堂」，門楣頂著「勤業堂」之號，內有標準的客式祖牌和神桌下典型的客式信仰「龍神」，但棟樑下的「棟對」則不像六堆地區其他伙房屋般，上聯寫家族在大陸的源流，下聯寫遷台的情境，而只是把它當作比較長的文聯來書寫。

想先人克儉克勤雖一粥一飯當思來處不易
囑後裔宜家宜室即半絲半縷恒念物力維艱

把這付蕭家的「棟對」拿來和右堆美濃的龍肚大崎下鍾屋的「棟對」放在一起看，當可看出彼此的文化差異了罷！

世系溯河南始鍾離渡江南居白虎徙蕉陽基肇龜形大徐溪謀燕翼
宗支傳嘉應寓嶺縣移台島定美濃遷龍肚開河壩丁多穎水振鴻圖

此外，廳下兩側也與六堆地區通行的作法不同，竟在兩側墻上開房門。而這種作法與北台家的作法反倒較為接近。

第三堂門楣為「繼述」，和第二堂一樣也是祭祀空間，主祀「天地君親師」配祀「井竈龍神」和「福德龍神」，同時，在神桌之下竟還有另一座龍神之香案。後來當我把這個問題詢及八十五歲的蕭秀玕老先生，而他竟答以：「个兜係（那些是）婦人家拜个（的），偃（我）自家乜（也）唔知拜脈介（不知拜什麼）！」。此外，還聽蕭家人表示，第三堂和第四堂中的禾埕，只有婦人家可以進入，男子則在禁止之列。

左右門板上所繪製的「仙翁與鶴」、「仙姑與鹿」，在陳世海教授看來是「纖細柔美的線條與清新脫俗的色調，顯現出畫中人物的祥和婉約、楚楚動人」，彩繪的女性特質，在陳教授的細密描述下呼之欲出。可如果拿之與「一般常見的道教廟『輿』（宇？）的門神——『秦叔寶』與『尉遲敬德』，或『神荼』與『鬱壘』等威嚴雄壯的造型相較」則又顯得有牛頭馬嘴之類比感！

由第三堂所透顯出來的諸種特殊面貌，如「天地君親師」之神位，多出一個的「龍神」，特殊的門板圖繪以及蕭屋人關於空間使用的女性傾向之口述資料等等訊息來看，似乎有又要進一步追蹤蕭家在空間使用上男性女性之區隔及屬性！或許有助於瞭解台灣民間因性別差異而呈現之空間特殊性。相較於中國北方宮庭性格濃厚之「男房女室」而言，台灣的民間性格在空間上的呈現又是如何呢？

第四堂「明德居」，目前只堆放一些雜物，如婚嫁抬嫁粧的樝等，在廳之正後方置一神桌型長桌，不知是否又為另一神明空間？倒是李乾朗教授在其所著《台灣建築史》中大膽地指出——「第四落是祖廳」。不知實際上的情況又是如何！但從門板為臨時性頗高的竹編牆面的現況看來，似乎又另有一個玄機！

第五堂為現年八十五歲的蕭秀玕先生十餘歲時起蓋的，至今已有六十餘年的歷史，正當日本時代出現的第五堂，在格局上比之前面四堂要顯簡略，但這種簡略的建築形式似乎和六堆地區的圍屋是同一風格的產物。正橫屋相接處也有通行於六堆的「轉溝」（當天，一位仍住蕭屋第五堂右橫屋的女主人即很順口地使用「轉溝」這個術語，可見，這種形式是活在佳冬一帶的。）與之相比，前面幾堂反而不那麼接近六堆地區的民宅風格，似乎隱約間可以從蕭屋的營造過程發現，這個大家族逐步「在地化」及「當時化」的軌跡。尤其第五堂左橫屋在六、七年前改建成三層樓高的水泥屋，更明顯地顯露了這個傾向。

蕭屋作為內政部欽定的南台唯一民宅古蹟，形成她在民宅研究上的重要地位，依照內政部所擬定的「評定基準」而論，她應當具備歷史、文化、藝術或時代之特色、技術、流派或地方特色等價值。這樣的基準原本就是由多元決定的，可是似也頗一廂情願，如今被指定為古蹟的主人莫不感到像是被劃歸公園預定地或計劃道路般，千方百計想解除「限制」，因此，似乎也該考慮古蹟認定和百姓意願間的關聯性。再者，古蹟所具備的文化價值雖是毋庸置疑的，但「文化」這個定義卻值得商榷。

在某個角度來看，蕭屋在南台（或六堆）的民居中，反倒相當不具代表性，南台（六堆）居民的特性在蕭屋身上顯露的微乎其微，在第五堂所擁有的「轉溝」雖是六堆特性，卻一再為古蹟研究者所忽視，前面幾堂所顯露的，倒不如說更接近附近沿海福佬風（大量使用的紅磚、紅瓦，裝飾風濃烈，祖堂兩側墻面的開門。）的好！

在蕭屋的右側有另一座鮮為人知卻比蕭屋規模更大的五堂大屋，也許在蕭屋的盛名之下，羅屋的素樸風貌注定要成為佳冬默默無聞的「一般街景」終老一生罷！然而，如果說要在佳冬尋找六堆民居的典型，恐怕羅屋所透顯的要比蕭屋多得多。或許因為羅家沒有蕭家的顯赫家勢，因而在生活型態上反而比較接近普羅大眾，也沒有蕭家「請長山師傅」及「取自中國的建材」的條件。因此，我們更能在羅屋的營建法上察知客家拓墾移民當年如何在一個新的移居地，以全新的條件（建材、匠師）創造這羣人共通的空間理念所呈顯的空間形式。

這種強烈而獨特的地方風格，該是吾人在視古蹟作為文化保存價值上更期盼的罷！

■羅屋的在地性

羅屋恰好位於北柵門內側，在另一角度看來其規模應包含五堂大屋在橫屋外的三堂伙房屋。據說此三堂伙房屋是羅家某一房主人為其二夫人所建，這牽涉到家族的族譜關係，繼承方式以及房屋的擴建方式，不是目前建築研究者慣習思索的問題。

五堂大屋有一個相當寬闊且帶有不完全封死的矮院墻的禾埕，使羅屋的氣度比夾在菜市場及兩大竹叢中的蕭屋顯得恢宏得多。

第一堂和第二堂正好形成一個完整的四合院，恰和在鎮南路旁所見的四合院相當類近。第二堂門楣上懸「豫章堂」是祖堂所在。祖堂內的格局和蕭屋甚為一致，同樣不是六堆地區常見的開敞式祖堂。倒是在龍門背後，有一頗為具體的「化胎」，同時，化胎前方有五顆石頭並列的龍神香位（北台客庄以卵石安置的龍神多採眾星拱月式的「五星石」或「七星石」作法），主人表示屋內是「龍神」、屋外是「土地龍神」。這是我在全台其他客庄所未曾見過的。

另，在苗栗頭屋徐家，發現龍神只設在戶外，化胎前端（當在「龍井」的位置上），而神桌下卻沒有龍神。後來，李允斐表示，原鄉客庄的龍神就是設在化胎前端。

直到目前為止，我們發現如下幾個龍神的位置：

㈠神桌正下方。

㈡化胎前緣。

㈢神桌下和化胎前同時並設。

㈣祖堂神桌下及「天地君親師」香位下同時並設。

㈤移在其他地者。

①以紅紙寫成神位供在大門一側。（觀音鄉）

②神桌右側地面。（佳冬楊氏宗祠）

羅屋的橫屋長達七十五公尺，根本就與一般人印象或概念中的三合院之橫屋完全相異。走入這個特殊的空間陣勢之內，實在無法和我們熟悉的北台客庄老伙房屋的感覺連繫在一起。這種感覺更像街巷，卻因其仍屬同一家族而擁有的「院落感」又與街巷所具有的「開放性」大不相同。正如自小生活在南台客庄的李允斐所描述的，南台的外廊式合院，使最牛的小孩子都少有對伙房屋全盤熟悉瞭解的可能，相較之下，我們北台伙房內廊合院經驗則完全相反，我幾乎連僅去少數幾回的合院都摸得一清二楚。兩者的差距最大的地方是南台客庄因之而有相當程度的「空間私密性」，北台客庄缺乏。羅屋橫屋和街巷的不同之處，大概正在此「私密性」有的差別罷！這種具私密性的街巷感大概也就是南台客庄最具特色的空間演出罷。而，這個特徵在蕭屋就被強烈的院落感削弱了。

■幾個特性

相對於北台客庄墻基精緻的卵石工法，南台客庄的墻基幾乎是繳白卷的，但在屬於左堆的新埤及佳冬，則又再度看到石材墻基，不過卻是一種異於北台的新作法。在左堆，石材的使用已不專限於墻基，有時會漫延至整個墻身。甚至連材料的使用也不盡相同，北台使用原石的鵝卵造型而南台則經過打平，使得完工的外表看起來有一點像澎湖民居最普遍的硓砧石墻面。或許，這個現象也是兩種文化面對共同的海洋所呈顯互相涵化的結果罷！

此外，在佳冬還可以察覺到福佬（或非客）

●佳冬羅屋有奇特的空間陣勢。（詹慧玲／攝影）

●羅屋的龍門背後是具體的化胎。（劉還月／攝影）

●內埔曾屋是六堆另一個奇特的客家建築空間。（詹慧玲／攝影）

●曾屋的圍龍方式，有原鄉圓樓的空間記憶。（劉還月／攝影）

文化之展現，「五營信仰」應是其中一例。老輩的客家人似乎都還堅信「伯公信仰是客家的，而五營信仰則是福佬的。」在佳冬現存兩個柵門中，北營是重修的門樓，在柵門內便立著北營小廟，而柵門外則立著「北柵伯公」。一位熱心的老先生告訴我，此地是因四叉路的路衝太凶，而設此伯公解煞。另，佳冬的金爐（不管伯公還是五營）均設置相當正式的香案，也是一值得細究的現象，我在北台的經驗，拜神時都會在金爐上插香，但卻從未有一個固定的插香位置，大都跟著母親尋找金爐身上被烈火燒裂的磚縫隨意地插。

三山國王廟前方有一「東營溫元帥」和鄰近福佬庄的東港之五營信仰之「東元帥」都供奉「溫元帥」，而五營信仰在其他地域卻供著不同姓氏的東營元帥。

在三山國王廟右側三叉路口，還設有一座格外美麗的棟頭頂伯公，是「左營伯公」，從捐建人名單中，可以得知是在蕭家家勢仍相當旺盛的時代興建的。只不知「左營」這個名稱和「左堆」有沒有直接關係，抑或有其他意指？

後記

整理這篇「六堆建築之旅」時，我一直被一個概念困擾。作為一個客家人，在某個角度看來，似乎有義務（使命？）全然明瞭客家的文化、語言甚或建築。然而實際上，我過去對於「客家」的無知這個親身的「體驗」，似乎又說明，這「某個角度」的虛假。我甚至懷疑所謂的「母語」果然能運載多少真正的「母文化」？

對於同為客家聚落的「六堆」而言，我這北台客的十足的「異域感」說明了什麼？

六堆之旅的記錄，對我而言更重要的恐怕還在勾勒出一個族羣內部以往未察的疏離效應罷！客家，作為一個獨特的族羣符號，在實際上（即使在比較普遍的「文化」上罷）對於客家人的現實生活的作用在那裏呢？不知道過去客家研究者是無意間忽略了客族內部的差異性，還是沒有勇氣面對這個迫人的歧義？

爲有源頭活水來

——客家人的用水觀察

■莊華堂

撫今追昔，
我們能在這片土地安養生息以繁衍族羣，
實在應該飲水思源，
緬懷祖先創基不易，
爲了後代子孫，
好好珍惜這塊土地，
留給子孫一片淨土。

傍水而居，河水源源不絕……

閩粵先民初履台島拓荒之初，總要在荒煙蔓草的草野上，先構築一幢簡單之草寮，以為遮風蔽雨的地方，這個開基地的選擇，除了防止原住民侵害，以及墾地遠近因素之外，最主要的是水的取用便利與否，究竟，人的生活種種，跟水脫不了密切之關係。

早年先民擇地構屋，最常見為河川之地，傍水而居，以河水源源不絕而來，不僅水田灌溉、濯衣、淘米、洗菜，乃至於家庭人畜用水，皆取用方便也。是故，台灣南北，最先崛起的老城鎮，皆為河港型聚落逐步發展而來。一條河流的生命史，往往從下游到上游，漸次往山的方向佈展。一條河流，孕育了人類的文明，也啓開了一頁頁內山開發史。

比起漳泉兩籍的福佬人來說，粵東客家人來台時間稍晚（一般而言），而鄰海之地，以及河港聚落與土地，均為漳州泉州人捷足先登，乃不得不向內山發展，因此平原盡處的台地丘陵，往往多是客家人聚居之地，以此觀點，證之本島客家人的分佈，多在新竹桃園台地、苗栗丘陵地，中部以台中東勢、新社、石崗地區，南部則為六堆、美濃地區，實在艮有以也。

客家先民選擇開基地的因素，也跟福佬人大同小異，河川也是主要考慮之一。但因住近山區，往往因山高水急取用不及，加以秋冬季為枯水期，而夏秋之際又多颺風大雨而氾濫成災，是故水的選擇，不少是捨去了天然河川的運用，而另外以人工鑿井築陴，以求安身立命。

例如，新竹桃園台地上，客家人開闢的陴塘觸目可及，尤其是沿海的新屋新豐兩鄉，其興陴塘密度居全省之冠。而方志史籍上，如《淡水方志》及《桃園縣志》記載，早年知母六從霄裡率佃民開靈潭陴（今龍潭）而八塊厝（今八德）客家人開霄裡大圳，均是先民整陴以為地方水利的選擇。

鑿井以飲水，大家力爭水源

以開發龍潭地區的知母六為例，雖然知母六

是霄裡社凱達格蘭的平埔族，不過，當年他是霄裡社通事，所率領開靈潭陴的佃民，有不少是客家移民，現今龍潭鄉境，客家仍佔八成以上的強勢地位。有趣的是，後來知母六的後裔，改漢姓為蕭（知母六漢名叫蕭那英），聚族而居於銅鑼圈十股寮一帶，即龍潭鄉高平、高原二村境內，蕭家人因與混居已久，語言及風俗習慣均從客人，一般均以客家人自居。

銅鑼圈因位居平原盡頭的高地，地形上貌似銅鑼之圈而得名。當年平埔及客家先民，來此地謀生，最大的困擾莫過於用水問題。因當地位居高亢，沒有河川流經，取用水源殊為不便，所以「鑿井以飲」成了當地居民的唯一方式。偏偏該地地質乾硬，先民曾鑿井多處，均彷如陝甘高原上的「老井」一樣，無法鑽探到水源。根據現居於十股寮附近的蕭柏舟說，二十幾戶人家，全取用距村落五百公尺之外的一口天然井，此一天然井終年不乾，不過枯水期時湧出量較少，不夠全部居民使用，大家為了爭水源，常在凌晨兩三點便起個大早，披星戴月，搶先到水井處挑水，這樣五、六擔來回奔波下來，到水缸半滿之際，剛好是天亮時分。年過八十高齡，知母六嫡系後裔的蕭老先生說，從前銅鑼圈地方有一句流行俗諺「嫁女莫嫁銅鑼圈，挑水要整晝間」（意為一個下午時間）可以一葉知秋矣！

銅鑼圈蕭家，來自八塊厝的霄裡。霄裡社位在今八德鄉的西南角，即霄裡及社角一帶，目前社角尚有多戶知母六後裔。而霄裡村的王公廟前一帶，沿著埔頂山崙下方一帶，有一呈長條型佈展的老聚落，居民大多是客家的後裔。此地大概有近百戶人家。當年客家先民選擇在小山崙下定居，也是跟水有關，而且還有一段神奇故事。

■泉水湧出之處，絕不可嬉水

二百年前，吳家先民移居八塊厝，是把全部家當裝在米籮（挑水用的編竹器）上，由六個兄弟一路挑著，找尋落腳的地點。恰巧走到小山崙上，從濃密的相思林中俯望，眼前是一片寬闊平直的草野，心中正猶疑欣喜之間，適值肩擔的米籮耳（穿麻繩之處）斷裂，於是族長決定，這是天意要族人在此地落腳，於是，當年為凱達格蘭平埔人的蓄庇，便成客家人開闢草萊的家園。

吳家先民落腳之初，頗為用水問題煩惱。不久在山腳下無意間覓得一大石，石縫間泉水源源而出，水質清冷而終年不竭，先民以為有如神助，於是在大石前起草寮，設香案以為神位，供為「石哀娘娘」，平日早晚均燒香虔拜，遇有節日，還要大事慶祝一番。目前，該處湧泉仍為附近居民主要取水地，供婦人家洗菜洗衣，兒童們玩水嬉耍之用，不過，長輩們總會告誡小孩子，泉水湧出之處，絕不可嬉水以沖犯石哀，而孩子們也遵奉如儀，傳為地方佳話。

新竹縣是台灣省的客家大縣，歷任縣長幾全由客家人主政。現在縣治所在地的竹北市，有一六家林姓老聚落，屬於同姓同宗的血緣聚落。林家自族祖林先坤率領客家義民，助清軍剿平林爽文之亂後，籌建新埔的枋寮義民廟以來，即成地方望族，頗受地方人士尊敬。

不過，早年竹北、新埔一帶，為道卡斯平埔族生養之地，我們從民進黨籍立委林光華先生，家中收藏厚厚一疊的早年田契資料中，可查證前清及日治時代，客家人移民該地，是透過各種方式，從原地主手中取得土地所有權，變成地方的主人，而原居的平埔族不是漢化（客家化），就是移居他地。目前，在六家附近地方，還可以找到諸如蕃仔陴、土牛溝、痲園等地名，這些跟平埔族有關的地名，和資料互相印證，有許多吻合之處。

我們在竹北的新社一帶，找到了一些平埔族的後裔，他們有錢、衛、方、黎、諸姓，尤其是「三」姓人家，在漢系移民來說，應是絕無僅有的。新社著名的「采田福地」，是早年平埔族七姓的公館，可見當年新社一帶，是道卡斯族的大本營之一。

新社附近，有一處地名叫痲園，地名起源，據說是早年附近平埔人聚居，平埔族人的出生習俗，把幼兒抱往附近的「番子井」泡水洗澡，以避早年視為絕症的痲疹，如果不幸罹此絕症，就關在痲園中隔絕一段時日，以等病症痊癒。

■「割地換水」，平埔人出讓土地所有權

我們在采田福地的管理人衛先生引領下，走訪這個傳說中帶神秘色彩水源地。它位在一大片稻田的中央，目前已經荒廢，而池面亦縮小許多，失去往昔的傳奇色彩。不過據當地人說，從前移民來這一帶墾田，都靠這口天然湧泉的「番子井」灌溉，而且，這口泉水坑終年不乾，早在水利尚未發達之前，是移民重要的活水源頭。

台中縣的山城地區，是中部地區客家人的大本營。山城包東勢、新社、石崗幾個鄉鎮，均是客家人居於強勢地區。目前，這個地區是中部地方，客家人大宅院及圍龍屋保留完整之地。清雍正年間，葫蘆墩（今豐原市）地區首富，岸裡大社首任通事張達京，以旗下「張振萬」墾號，召集六館業戶共同出資，築成葫蘆墩上下埤圳，以灌溉台中平原廣大水田，透過與巴宰海平埔人「割地換水」協議，取得許多土地，而逐漸併吞平埔人的生活空間。在本地區，客家人關於水的利用，變成一把向平埔人奪取土地所有權的利箭，終導致平埔人向埔里、卓蘭地方的流亡潮。

新社鄉的馬力埔一帶，從前是巴宰海人的蕃社。不過，目前當地已經找不到他們的後裔。穿過馬力埔一條筆直的大街，街道後方近山巒一帶，有一片青草叢生的沼澤地。這片沼澤區地表上富藏泉水，自然湧成一條大河，早年這一帶的良田，都是靠沼澤區湧出的泉水灌溉。筆者前往採訪觀察時，還發現一處由當地人稍事整理的湧泉處，水質清潑，水溫又低，常有居民擔著水桶，來上水飲，據說還有商人來這裡運水，當作礦泉水販賣。

我們從桃園、新竹台地，一路採訪到台中山城地區，在各個客家聚落，見識了早年客家先民，如何鑿井築陴，擇水而居以奠定家族拓荒的基業，可謂歷盡艱辛。撫今追昔，我們能在這片土地安養生息以繁衍族羣，實在應該飲水思源，緬懷祖先創基不易，為了後代子孫，好好珍惜這塊土地，留給子孫一片淨土。除此之外，我客家後裔，尤不能忘記，當年先民在這

●飲水思源。（劉還月／攝影）

裡開荒拓土，從本地原住民的平埔族人手中，使用各種方法手段，逐步移轉侵佔而來。今天，我們面對平埔族人在土地上幾乎亡族的悲慘，尤應以救贖心態，更加善待原是平埔人的土地，究竟，沒有平埔人，我們何來活水源頭？

——原載於一九九三年二月廿三日《自立早報》

作者簡介：

莊華堂／桃園新屋人，現居新店，曾任耕莘寫作會總幹事、優劇場編劇及製作人、公視《客家風情畫》企畫及編劇，目前專事寫作及光啟社特約公視節目製作人。

打牛湳與大牛欄

——從方言島看客福佬與福佬客問題

■莊華堂

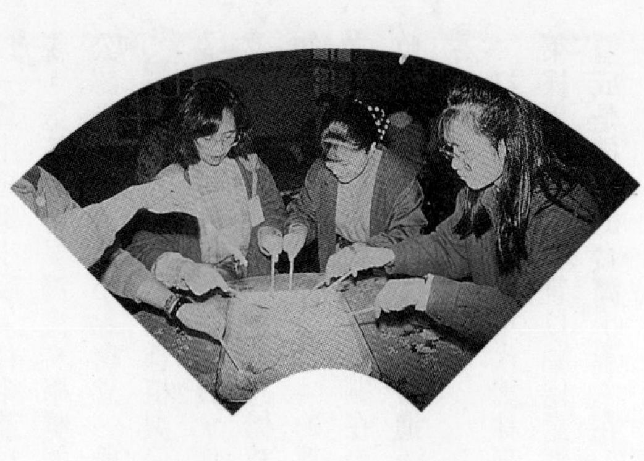

以六〇年代雲林平原爲背景的打牛湳村，
看起來似描述福佬農村，
其實是描寫客家農人的生活困境，
打牛湳是典型聚落，
和諸多雲林平原上的客家人一樣，
在兩百年的滄海桑田之後，
逐漸受鄰近強勢福佬文化影響，
變成福佬客……

早年以台灣詩與小說名聞全台的宋澤萊，曾以一篇中短篇小說《打牛湳村》引起文壇的重視。這篇獲得吳濁流文學獎的作品，被文評家公認為鄉土寫實小說樹立一段新的里程碑。

這篇描寫鄉野農夫種植梨仔，卻因為台灣素為人詬病的產銷管道不良，而遭受農會打壓，及中間商人層層剝削的悲慘故事，令許多「不知盤中飧，粒粒皆辛苦」的都會人，一掬同情之淚，同時，也讓許多關在冷氣房裏制定農業政策的有關官員，有機會進一步了解「快樂農家」的真相。

打牛湳村以六〇年代雲林平原為背景，宋澤萊採用北京話文雜以福佬話寫成，一般人把它看成是標準的台灣小說。在一些人狹隘的觀念裏，台灣小說就是台灣話文寫成的小說，所謂台灣話就是福佬話。所以我們看到的介紹與評論文字，宋澤萊與打牛湳村，被界定為「台灣人」與「台灣小說」

其實，這是一件以訛傳訛的謬誤！

我們先從打牛湳的地名談起。打牛湳庄，是一個居民百來戶的古老聚落，位在雲林縣二崙鄉的來惠村。打牛湳庄是一個典型的台灣農村，目前以種水稻及蔬菜為主要產業。不過光復初年以迄小說背景的六〇年代，該地區是製糖用的甘蔗專業區。蔗糖輸出是日治及光復初年，本省農業出口之大宗，其主要產地就在嘉南平原，而雲林就在嘉南平原之北端。種蔗是一種「厚工又艱苦」的產業，從植苗、翻土、耘田、除草、堆肥以迄於收成及運輸，皆需要密集的人工，而農村機械化之前，牛也扮演重要的勞力角色。

甘蔗收成之際，打牛湳庄一帶適值雨季，每天雨點紛飛，當時農路皆為硬泥路，一遇連日雨便軟化了，加上牛車運蔗往來奔波，路面泥濘不堪，農人收割與運輸，諸多不便。

台灣俗諺，謂台灣人有三憨，其中第三憨為「種甘蔗乎會社磅」。這個會社，在日治時代是台灣糖業株式會社，光復之後就是國營的台糖公司。蔗農為了早日把收成的蔗作，運往台糖廠房或就近運蔗火車的集結點，就非靠牛隻拉車不可。而甘蔗盛產期間，平原上牛車往來之頻繁，直可用「車水牛龍」來形容。由於天雨路濘，趕車農人皆手執一鞭，以催牛趕路，而牛隻也因長期操勞而不勝體力，於是老農與老牛，常在這段期間拔河較力，路面更加泥濘不堪。「湳」字，客家話意為爛泥，打牛湳，意為：因趕牛（打牛）而造成路面的爛泥巴，於是一個泥巴味極為濃厚的庄名，就這樣形成了。

筆者以客家話來解釋這個「湳」字，是別有所指。熟讀「打牛湳村」的讀者（包括評論者），甚至熟識宋澤萊的人，大概罕有人知道，這篇看起來以福佬農村為背景小說，其實是描寫客家農人生活困境的小說，小說中的打牛湳，是典型客家聚落，而住在打牛湳附近村落，原名為廖偉竣的宋澤萊，則是雲林平原上極多的福佬客（福佬化的客家人）之一。

約在清朝雍乾年間，台灣島中南部地區的西海岸，有蚊港、新港、笨港、鹽水港、鹿仔港、海豐港與沿海河港。這些老港口是閩粵移民東渡台灣的登陸地。其中，海豐港在今雲林麥寮鄉境，舊址如今早已因河砂淤積而淹沒，成了一片魚塭地。當時來台移民在此上岸者，包括閩南的漳泉兩府，以及閩西的汀州府，一般人因他們本籍地在福建，而視之為福佬人，殊不知在韓江上游流域的汀州府，其實是客家人較為強勢地區，其中長汀、寧化、上杭、武平、永定五縣幾為純客家縣份。而同屬於福建省的詔安、南靖、平和諸縣則為非純客家縣，客家人卻居於強勢地位，也就是說，早年移居於大中部平原的閩西移民後裔，絕大部分是客家人。

閩西客從海豐港上岸之後，除了極少數在濱海砂埔地的麥寮鄉境落腳以外，大部份沿著虎尾溪向東發展，於是虎尾溪沿線的鄉鎮，就成為汀州客開荒拓土的奠基地。西起崙背二崙，東到西螺莿桐，都有相當多的客家人分佈其間，經過兩百多年的滄海桑田之後，受了中南部強勢福佬文化的影響，而逐漸變成福佬客。不過，目前該區仍有許多有濃厚客庄意味的地名沿襲至今，例如西螺鎮的廣興、詔安里、二崙鄉的永定村、惠來厝都是明顯的例子。其中，崙背鄉崙尾的李家（台獨聯盟副主席李應元家族）以及二崙鄉的廖家，甚至是地方上人丁眾多的「旺」族。

廖家不僅是旺族，在雲林全縣也是望族之一，立委廖福本，縣長廖泉裕，甚至新當選的民進黨立委廖大林及清大教授廖炳惠也都是廖家人。我們參考雲林縣張廖姓宗親會刊印的「張廖元子公族訊」，雖然內文沒有明述廖姓始祖在大陸原鄉的祖居地。不過，該地區歷史最早的媽祖廟祝天宮（位於來惠村新店），其媽祖金身乃是乾隆君末年（一七九〇年左右）由新店的開台世祖廖純善公，自福建詔安縣官陂的祖廟恭迎過的。

祝天宮當地人稱為七欠媽。所謂七欠（七崁）就是一般人熟知的西螺七崁。從前七崁包括西螺、二崙的兩鄉鎮的廣興、頂湳、魚寮、九塊厝、大和寮、十八張、打牛湳等聚落都是七欠內，當年阿善師的大弟子，頭崁廖錦堂就是廖家的客家人。

相對於雲林縣二崙鄉的打牛湳，桃園縣觀音鄉有一個庄名，叫做大牛欄。雖然兩庄名諧音相近，其顯示的民族特性及人文意義卻大相逕庭。兩者唯一相同之處，在於地名起源都跟「牛」有關。

大牛欄也是一個老聚落。約在大正七、八年之間，有一個鄉紳陳金榜者，在該地放牧一大羣牛，並於牧場四週，築起一圈柵欄，以防黃牛越界走失，是故附近人家，稱該庄名曰「大牛欄」。

如今，陳金榜家族的三合院紅瓦泥磚屋早已倒塌，而陳家後裔不知遷往何處，只留下一片斷瓦殘垣，一些傳奇的故事，供大牛欄的地方父老，充為酒後茶餘的打嘴鼓的材料。

據說，從前陳金榜飼養的牛隻，總共有九十九頭，而且一頭不多一頭不少，不管是殺賣病死，或者主人刻意增養，卻無法多養一頭，以便湊成百位數。有一年，終於湊成百頭，不過第二天早上，牧童清點牛隻，仍是九十九頭，於是陳家人四處尋找，終於在田中央尋獲一頭，待走近一看，那頭蹲臥不動的牛卻是一頭石牛。據鄰村一位曾姓老人指稱，早年，大牛欄的田裏，確實有一塊大石如牛隻形狀，可是後來無故失蹤了，當時看過那個石牛的人，老的老，死的死，一般人早忘了這事件。

當然，這只是一件神奇的傳說，很難採信，不過，大牛欄庄，卻有一件令人類學家嘖嘖稱奇的人文現象，一直流傳下來——這就是大牛欄的葉屋傳奇。

大牛欄附近，全是純客家聚落，唯獨大牛欄這個庄頭是福佬庄，於是在這個新屋鄉的海線地區，大牛欄變成了福佬方言島。這個方言島的形成，跟葉姓人家舉族羣蔓衍有絕對關係。

葉家始祖，可遠溯春秋時代，沈諸梁公封於南陽，食采於葉，後世乃以葉為姓，以始祖故郡「南陽」為堂號。八十五代洙公隨王審知入閩，居泉州府同安縣，成了不折不扣的福佬人。到了一○一世泰純公時，移居惠州府陸豐縣，變成了客家人。

約在兩個世紀前，葉屋來台祖葉春日，率二子東渡來台，初居於嘉義，北遷大溪崁，若干年後，可能因同光年間北部地區閩客械鬥的關係，再遷觀音三座屋，最後在新屋大牛欄定居下來。以上所計，葉家來台遷徙過程，嘉義大溪為福佬人強勢地區，而觀音新屋為客家強勢地區。令人極感興趣的是，葉家在閩粵及台灣兩地數度遷移，輾轉出入於福佬客家兩系不同文化之門，他們如何適應不同的文化變遷？而葉家後裔對內又採取怎樣的族羣認同？

葉家在大牛欄總共近三百戶人家，有一幢象徵宗族認同的大祖廟，以及高六層的靈骨塔。葉家祖宅曰「自標堂」，為的是紀念來台祖春日公（春日公的字號）。祖廟內的兩支大柱上，書有客家原鄉傳流的棟對（在台灣的客家聚落，棟對常見於南部地區，北部極為少見）對子兩聯曰：

南陽喜肇基由泉州入陸豐仰問政沈公免冑仁風追縣尹

東島榮分派移竹州居壢郡思航瀛標祖上書儒學誌台灣

這聯棟對，上聯記載葉家在原鄉的始源及遷徙過程，下聯則記載東渡台灣後的過程，並且上下兩聯均提及原鄉及台灣兩地的始祖（沈公標祖）。這是原鄉客家的標準棟對，古風濃厚。

除了棟對之外，我們實地觀察大牛欄庄內，許多傳流的老房子，也頗多保存原鄉的客家古風。例如建築的對應關係、正廳與橫房的大小高低比例，以及房前的半月池及屋後的化胎遺蹟等等。這些客家特色在客家廳堂的祭祀空間尤其明顯，雖然客家式祖宗大牌大多移於祖廟，可是龍神、門神、天神的布置與祭祀，都可見原鄉特色。然而，令人詭異的是，進了庄子，我們聽到的他們之間的語言，幾乎全是福佬話，也就是說，對內的族羣認同，他們自我認同為福佬人。

葉家族裔，自嬰兒時期起，父母親人，就從牙牙學語開始，教他們以福佬話，日常生活應對，也概以福佬話交談溝通。即使移居在外地的族人，在移居地或多或少成了客福佬，但一回到大牛欄，也習慣的以福佬話跟族人交談。葉家族人，雖然移居於客家文化強勢的本地，已有一個半世紀以上時間，但仍保有這種強烈的福佬認同，相對於彰化平原上許多的客家方言島，幾乎全部福佬化，以及前述雲林縣虎尾溪沿岸的客家聚落，也大都福佬化的例子，實在是大異其趣。

至於面對大牛欄以外地區，環繞的客家強勢，葉家族人又是如何調適應對？曾為村長的葉成先生，接受採訪時，無意間說了一句話：「偲客家人……」（偲在客語中是「我們」的意思），今年五十幾歲的葉家族裔葉成先生，自己也認同是客家人？

其實不然。這種對地域的認同，只是對外關係的自我調整，葉成先生表示「大牛欄以外，住的都是客家人，葉家人對內自成一個福佬式大家族，可是一出庄頭，就要碰到客家人，例如到崁頭厝街上的商店購物，或者到下庄子，甚至新屋街上，都要以客家話跟人溝通，所以葉家的族裔，到了成年階段，自然會因需要的因素，而學會了客家語。」於是，在這個福佬方言島上，福佬話與客家話同時為他們共通的語言。

大牛欄這種對福佬認同的內部凝聚，並沒有因為常年居於族羣文化的弱勢，而為強勢的客族所同化，並且以學習客家語言及部份生活信仰而和平共處，實在是台灣地區「罕見」的族羣融合的範例。而這種兼具內聚張力與外放親和力的現象，與雲林平原同是方言島的二崙廖家，比較之下顯然是大異其趣。

二崙地方的廖家，兩百年來在福佬強勢文化侵襲之下，淪為客家方言島，目前，除了少數中年以上的人，還會講幾句詔安客語之外，大都以福佬人自居。有些知道自己祖先是客籍者，也多半有意無意間，掩飾自己的客家身份，福佬人視他們「漚客仔」，而他們也以自恥於極不純正的客腔，而自稱「漚客仔」。因為客語或客家人是如此的「漚」，乾脆放棄祖先的語言，甚至客裔身份，逐漸同化為另一族羣，讓先民那段艱辛的開發史，淹沒在嘉南平原的的歲月裏。

位於西螺福田里，及二崙十八張犁附近，有一幢宛如廟宇般浩大輝煌的雙廖宗祠「崇遠堂」，這幢在本省各地祠堂中格局與建築式樣，堪稱為首屈一指的。雙廖就是張廖，包括張姓與廖姓人家，一般人稱生廖死張，這個典故起於洪武年間，兩姓祖先生死相持的患難之交，才有子孫生當姓廖，死歸姓張，以繼承張家香火的古訓。難得的是，客家後裔謹守祖先古訓，至今張廖家廟仍以雙姓並列，可是，雙廖依然雙廖，而客家已經不是客家了。

同為方言島的打牛湳與大牛欄，乍聽之下好像差不多，而其中客家與閩南的差別，卻令我唏噓不已。

●如何產生族羣認同，是當前客家研究的重要課題。（劉還月／攝影）

我十七歲以前的美濃

——鄉愁無法返回的故鄉

■吳錦發

我的心靈必須返鄉，
我鞭策著自己
把曾經和母土斷落的臍帶縫合起來，
我要返回故鄉，
那心靈最後的歸宿，
即使要匍匐爬行著回去，
也一心無悔……

我十七歲那年離開家鄉美濃，到高雄寄讀高雄中學，此後高中、大學、就業，一路下來，直到今年四十歲，我再也沒有真正返回故鄉連續住留超過三個月以上；從十七歲那年一步踏出故鄉，故鄉便成了旅館一般的存在，只有逢到假日或心靈疲憊的時候，才想到要躲回故鄉美麗的山水間憩養。

在大都會掙扎求餬口的日子裡，我常感到寂寞，有時深夜躺在床上，饑渴似地期望聽到一聲蛙鳴、紡織娘的叫聲或其他什麼代表荒野的聲音，但入耳的卻只有窗外刺耳的車聲、喇叭聲以及各式各樣機械文明創造的聲音，我常因此而失眠。

二十歲以後，寫作成了我心靈返鄉的方式，藉由各種文學形式，我描摹故鄉的風情，山間水濱，一草一木都帶給我極大的慰藉。

如此十多年寫下來，故鄉的形影總黏附不去地時常在我的作品中閃現；優美的、寂靜的、保守的，生活步調緩慢的，故鄉的人、事與景物在不知不覺中塑造了我的文學基調。

直到去年的某一天，我偶爾重讀這些舊作品的當兒，我驚駭地發現，十多年來，我不停地在作品中重複描寫的美濃，事實上，差不多都是我十七歲以前的故鄉，那是「鄉愁的故鄉」；原來從十七歲那一年，我一步踏出故鄉的同時，我和故鄉的臍帶就逐漸剝離了。現在的美濃，早已有了巨大的變遷，那往昔優美、寂靜、緩慢的美濃早已不存在了，我，在不知不覺中已成了心靈無法返鄉的漂泊者，我，沒有故鄉可以回去了！

美濃在變，我不是不知道，每次返鄉的時候，都發現流經我家田頭的美濃溪變得愈來愈黑，愈來愈臭了，孩子們不再像我們童年時在河裡游泳嬉鬧，游累了在河邊的竹叢下午寐，聽風吹過竹梢的聲音，讓斑駁的光影在裸身上亂竄；到了秋冬之交，河水枯淺之際，也看不到家族兩三代人在河中「摸蜆」，驚叫聲、笑聲溢滿河道的景象；入眼的，是更多死雞、死鴨、死豬漂流的河面，甚至河裡的生態也改變了，五彩的各式溪魚絕跡，不知從那兒冒出來大批的「清道夫」魚，外國種小烏龜，據說也有人從河裡釣上來亞馬遜河產的食人魚。

美濃溪改變了，但一條溪的變遷並不僅於此，連帶地，原本依傍著這條溪而衍生的「美濃文化」也就跟著慢慢起了質變，孩子離開河流，窩在電視機前或電動玩具店變得敏感而易怒，兩三代人在河裡「摸蜆」，家族、親族和鄰里感情在河邊交流的美妙景象也流失了，鄰

●土地伯公是美濃人的守護神。（劉還月／攝影）

里關係開始變得和都市人一般，住在隔壁卻鮮少一起聊天，即便在路上碰上了，聊天的話題也由農事轉變成了「兒子在那兒工作？」「賺了多少錢？」。

沒有人注意到，一條河流的污染，竟連帶牽動了文化層面如此大的變異，河流死亡，傍水的美濃文化也一步一步的走向「慢性死亡」的道路，每一個人都扮演了殺死文化的「殺手」角色，但悲劇的是，每一個人都不知道自己在不知不覺中幹下了這樣的勾當。

河，死亡了，山在急遽變化之中，連村落的面貌也徹底改變了，工整長方型如棺材一般，既醜又無傳承味道的鋼筋水泥屋，一具一具雜亂無章地被放置到綠色田野上，從山巔眺望這些灰色蒼白的建築，一股腦兒全跳到綠色的襯底上面來，協和的往時美感毀壞了，人與自然的那條紐帶倏地也斷裂了。

美濃已不是美濃，這塊土地已不是當年培育我靈魂成型的地方，我，在逐漸邁入中年的階段，驀然發現靈魂被放逐了，我失去了故鄉，我已無故鄉可回。

要不是參與「美濃反水庫運動」，我想，說不定我的靈魂便會如此繼續漂泊下去，永遠也沒有靠岸返回家鄉的一天。

內政部水資會決定在我的家鄉最上游的地方，建一座高一百四十七公尺，寬及十棟大樓合起來長度的超大型水庫，驚醒了我氣餒的志氣，我再三告訴自己，雖然美濃今天已成了我不喜歡的故鄉，但她畢竟是我靈魂萌芽成長的土地，如今那塊土地面臨了存亡的關頭，我不能不返鄉，我無法眼睜睜看著，美濃的「山的文化」、「河的文化」逐漸變色的當兒，又讓蠻橫暴力的「水庫文化」恣意衝撞進來，徹底摧毀一切。

「水庫文化」的先驅症候，便是土地被惡性炒作，美濃人「窮莫窮於出賣祖宗田」的傳統價值觀倏地便瓦解了，一塊土地在一年不到的時間，輾轉賣了三、四手，「土地」的意義成了「賣水果」般的內涵，官商勾結，山坡地一炒作就是三百甲、六百甲，「人與土地」的倫理失去了，為了賺取將來的「補償費」，一公尺見方的土地栽種上四、五棵果樹；種果樹不是為了期待它結水果，而是期待它憑空長出新台幣；水庫還未建，美濃人的心就「病了」！等到水庫建成，低劣品質的觀光文化衝進來，我不知道美濃還會剩下什麼？絕大多數的美濃人目前只擔心水庫萬一崩堤，水泛會吞沒家鄉，卻鮮少人注意到，水庫就算不崩堤，低劣的水庫觀光文化也會沖垮美濃的特色，更不要談它對整條河川生態的影響。

但我欲返鄉的靈魂，如今是如何的寂寞啊，我奔走、呼號，和一些志同道合的朋友四處宣傳留住故鄉文化的重要性，留住雙溪熱帶母樹林的重要性，留住「人與土地倫理」的重要性，留住一些鳥、花、蝴蝶與昆蟲的重要性……，我的鄉親卻表情冷漠、反應淡然，也許在部分鄉親的心中，什麼重要都比不上眼前新台幣重要吧。那是一種對土地感情最可怕的「疏離」與「異化」症候，我深切了解「疏離」就是「破壞」和「毀滅」的開始，就如生態作家孟祥森說的：「人對自然也是一樣，為了殺它，破壞它，必須與它疏離，而與它疏離的結果，是看不到它在死亡的時候如何發抖，如何悲痛！」

我的鄉親目前也被資本家和政客們耍弄著，用各種美麗的詞藻和利益引誘，逐漸遠離母親大地的懷抱，開始和河，和山，和家鄉的風、陽光、鳥鳴、蝶舞疏離，「疏離」，目的就是躲避看到母親大地在死亡前，如何發抖和悲痛。

為此，我的心靈必須返鄉，我鞭策著自己把曾經和母土斷落的臍帶縫合起來，我要返回故鄉，那心靈最後的歸宿，雖然那過程並不容易，但如今我已明確知道即使要匍匐爬行著回去，我也一心無悔，我，一如《奧德賽》史詩中，那漂泊海中多年，終於返回故鄉的尤里西斯，雖然肉體疲憊，但靈魂卻平和而安祥……。

——原載一九九三年九月廿三日《中國時報》

作者簡介：

吳錦發／一九五四年生，中興大學社會系畢業，曾從事電影編導五年，現任《民眾日報》撰述委員，出版有小說集多部，其中《春秋茶室》曾改拍電影，中篇小說《秋菊》一九九一年底由中央電影公司改拍成電影。

●恬靜的美濃山色。（劉還月／攝影）

●美濃的水文。（劉還月／攝影）

客人頭福佬尾？

——大家來救客家話

■黃榮洛

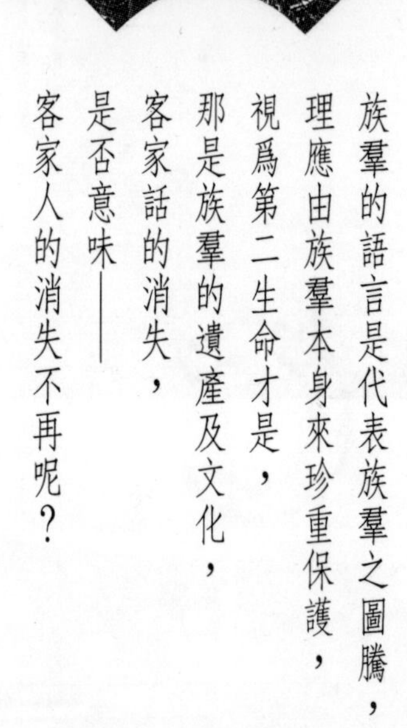

族羣的語言是代表族羣之圖騰，
理應由族羣本身來珍重保護，
視為第二生命才是，
那是族羣的遺產及文化，
客家話的消失，
是否意味——
客家人的消失不再呢？

■由〈大家來救客家話〉談起

《客家》雜誌三十一期特輯刊出，客家話演講比賽之各組冠亞軍之講詞稿，讀來覺得很新鮮亦很有意思，就其中羅慶武先生的〈大家來救客家話〉一篇，至令人深省。羅先生多年來服務於基層，農校畢業後在故里關西鎮公所服務，不久前調轉於竹東鎮公所任建設課長，他關心鄉土，著有《關西人文志》，因為常與基層民眾接觸，客家話說得很好，他現在也正在努力為他第二冊著作《客家笑話集》忙碌，所以口才也是上乘之材。

客家話之面臨於消失之危機，其理由很多，多數人則指出，電台電視台之封殺限制，及在校不准學生說方言是最大元兇殺手，有關這種指摘是千真萬確之事實，但在家庭內不說客家話漸漸成為時尚風氣，就是第二元兇吧！

幾年前有心的年輕客家人，創刊《客家風雲》，突然提出祖語客家話消失之危機感後，受到客家人的重視，不但發動還我母語運動，也要求學校進行雙語教育，之後積極進行的學校也不少，電視台也從善如流設客家新聞和客家特別節目，這種現象雖然可喜可慶，但能挽回嗎？會不會白費心力的徒勞無功？不但如此，是不是會造成教育之浪費包袱？因為受到工商業之情形發達，人民遷徙的頻繁，各族羣雜居情況之激增，學校學生成員滲雜多種族，雖然客家庄還是客家人占多，也有不少他種族，外省人、福佬人、原住民等。這等問題之處理，若一回到家，與家族接觸，依然又是北京話怎麼辦？是不是教育之浪費、無目的？

所以羅慶武先生的這篇大作，不提及學校雙語教學，力主「自力本願」，要我們客家人自己來解救客家話之存續。羅慶武先生提出三點建議：一、小孩一開始學講就教講客家話，不可依賴學校。二、在家庭，強制家庭成員講客家話。三、盡量用客家話和他族羣對話。按「自力本願」和「他力本願」，是佛教上所用的詞彙，佛教徒以自己的努力修行悟道得道稱為「自力本願」，藉著外力來達成者稱「他力本願」，如學校雙語教學、電台、電視台之客語廣播是可比為「他力本願」，羅先生的三點主張都是屬於「自力本願」之範圍，完全靠客家本身每個人自己來努力。

族羣的語言是代表族羣之圖騰，理應由族羣本身來珍重維持保護，視為第二生命才是，那是族羣的遺產又是文化，客家話之消失，就是意味著客家人的消失不再。猶太人亡國流浪兩千年，雖然他們失去了國家，為了生活成為居住他國之人民，然而他們還是堅持猶太族為榮，不忘他是猶太人之後，當然也不忘猶太語猶太教猶太文化。歷史上不少族羣消失，但猶太人始終守住他們的種族文化，本來猶太人在白人先進國家中，不論那一方面都人材輩出，他們溶於居住他國之族羣中一樣受人尊重，但他們堅持不放棄猶太人的族羣意識。有關這一點我們可作他山之石，我們豈可丟掉祖產——祖語客家話呢?祖語在於我們這一代如果消失，對得起祖先嗎?

■不斷遷移的客人

客家人原是中原族羣，因為受到元朝之入侵，中原人不得不逃亡南遷，在向南逃亡中原人中之一羣，選擇原先住民稀少的江西、廣東、福建等省之山區，後來成為客人，當年之中原語就成為客話，又一部份為了土地去四川，或來台灣。在台灣，原來分佈於西部平原各地，較晚來者則較內陸山區居住，換句話說客家人是分佈於台灣每一角落，周璽著《彰化縣志》(道光年間所著)士習條也有載:「彰邑庠分閩、粤二籍，讀書各操土音，各有師承。城市鄉村，隨處皆有家塾，正月開館，臘月散館、塾師半係內地來者……。」不幸道光六年發生福粵大械鬥，客家人遭受幾乎滅族的大打擊，未被殺戮者逃亡來桃竹苗或去屏東等地客家庄求生。

客家人在原鄉(華南)和台灣之地，變成居住山區的「山肚人」，受地勢之隔，又原鄉是和廣東人、台灣則和福佬人成仇對立，交流之情形少，又對敵性族人之語言不友善，出外謀生人士回家就說祖語，所以客家語——古中原語幾百年來時光也能傳承下來。日本人來台灣，有為的日本人，行政力量的能伸張，能禁止福客之械鬥，能保護人民的生命財產，客家人才能下山到都市找職業，客家人也可在都市成家立業了。日本人之來台，對客家人的經濟生活，有很大貢獻，是不爭的事實。

■寧賣祖宗田，毋忘祖宗語

我們的客家話，曾經是代表中原的語言，也是古老的言語，歷代的先祖都說客家話為榮，雖然在山區是受地勢之隔，同時和接鄰的族羣不大融合，不願學習也不願說他們的族語，這種情形在原鄉和台灣都是，在這期間，客家話的能夠保持是可以了解，但在台灣，道光六年的福客械鬥以前，客家人和福佬人混合住於西部平原時代，為什麼沒有被同化呢？依據上述《彰化縣志》之記載：「彰邑庠分閩、粵二籍，讀各操土音，各有師承。……」上述之情形而言，族羣之分別已明，客家人堅持祖語之情形，讀書也由客家人之塾師來授課就可了解。筆者日治青少年時代，筆者家是講海風，說四縣會被罵為背祖，一樣都是客家話也會是背祖，可知從前客家人堅守祖語之一般。我們客家人的共同祖訓也強調「寧賣祖宗田毋忘祖宗語，寧賣祖宗坑毋忘客家聲。」雖然如此，為什麼近二、三十年來客家話消失之腳步這麼快速呢？可能原因很多，我們試舉以下幾個：

㈠政府語言政策，政治控制廣播單位盡量打壓方言和學校禁止方言之使用。

㈡由農業社會進入工商社會，工作、居住各族羣雜住之情形急劇增加而接觸也增加。

㈢族羣雜婚，祖語變成母語之情形多。

㈣大家庭之崩潰，小家庭受「媳婦」之影響大，已不尊重祖語。

㈤年輕一代追求時尚說北京話為榮，不尊重傳統、祖語。

㈥工商社會，說福佬話較方便有益，說客家話沒有利益。

㈦客家人離開中原之後，都困居於山區，生活困苦，被重物質生活之年輕人認為是落後之族羣，而有身為客家人自卑心理。

㈧住於都市之客家人，因為環境之影響，不是說北京話就是福佬話，特別是小孩為甚。

㈨客家人經濟落後，經濟力量是原動力，客家人缺乏物質方面的帶動中心力量。

以上是幾點客家話消失主要原因。

語言是團結的象徵

那麼客家話能留下的原因是什麼呢?雖然不免重述之地方,列出如下:

㈠在原鄉(華南)受地勢之阻隔,又和廣東人不融合,當然不願用敵性族羣的言語。

㈡強烈的中原人意識,拒絕被外族同化。

㈢來台後,至道光六年福客大械鬥以前,雖然和福佬人混合居住於西部平原各角落,但該年代的清廷政府行政力量薄弱,不能保護人民生命財產之安全,人民須要自保,令各族羣團結對外,換句話是造成族羣對恃,所以客家人必須留於自己族人的生活圈內,要生活於自己族羣內,就不能不用族羣語。

㈣道光六年福客大械鬥之後,未被殺戮之客家人避難於桃竹苗和屏東的客家庄,這情形和原鄉一樣又成為「山肚人」被地勢所隔,一樣不說敵性族語——福佬話。

㈤受到大家庭族長權威之影響,奉守祖訓,不背祖之意念健強,有強烈的中原意識和族羣意識。

㈥農業社會,和家庭成員及鄰里人員的接觸多,和外來語接觸機會少。

從上述客家話未消失留下的原因,和面臨消失的原因的兩種原因來分析,客家話在保守的農業社會,又在政府未能充分保護下,更須要族羣團結自衛的時代,因須要在自己族羣圈內立足,不但不容易被外族羣所同化,言語更是團結的象徵。但進入法治社會,這種觀念可能會漸漸鬆解,因為日本來台灣,強力的行政力量令台灣充分能保障人民的生命財產,客家人的傳統著名的團結就很快的變了質,就出現了一種客家諺語:「客人頭福佬尾」。這個諺語之意思是:日本人統治台灣很快就成為法治社會,客家人不慮為福佬人所害了,安心的可以生活做事了。本來客家人被福佬人驅逐出平原到山區,已無路可退,所以客家人習武是成為很重要的活動,客家庄晚上年青人學武藝場面到處看得見。日本人來了以後,福客械鬥就變為止於打羣架之程度了。弱少族羣的客家人,從前很團結,因為大部份都有若干的武藝心得，很會打又很團結，但日本來久了團結心是鬆了，打羣架客家人增援無人，福佬人越打越多，當然到最後客家人是輸家了，從前並不是這般，大部份是客家人之勝利，「客人頭福佬尾」，開始時客家人優勢，後來福佬人轉敗為勝。所以進入法治社會，開放之社會，又是工商社會，族羣的藩籬已消失，較少族羣被較大族羣同化，是時間之問題？如猶太人之例，令我們不完全同意這種邏輯，筆者認為是客家人已失去以客家人為榮的精神才是最重要的關鍵真相。

■找回族羣自尊

失去族羣的自尊，就是放棄族羣之存在，這才是客家話消失的最大原因？我們客家人面臨這十字路「客家話之存歿」關頭，希望出現挽救的積極行動，大家來努力貢獻大家在自己的岡位上所能貢獻的力量：

第一點：我們極須「他力本願」的方法，只靠「自力本願」可能已是無濟於事，因為台灣光復以來，政府極力打壓方言政策，電台、電視台之限制方言之廣播時間，這是無疑的最大殺手，非但如此，學生在學校也禁止使用方言，小孩接觸方言（祖語）之機會可以說沒有程度的空間。繫鈴人即解鈴人，政府所種下的罪業應由政府要負責，學校要施行雙語教育，電台電視台需要增加客家節目，才能挽救客家話消失的深痂，雖然增加教育社會之負擔，也是萬不得已的補救手段。同時在學校上課以外，不再禁止方言之使用。

第二點：年輕客家人，對上輩人的中原人，貴族之後為榮之情結、襟度情結已不感吸引力，他們之眼中只有窮困山肚人的落魄客家人的形象，一點都看不出客家人為榮之地方在何處？對自己族羣已感自卑，自然的對自己族羣之文化、言語等也甚覺失落感不尊重。會令後代的客家人抱持這種認識之原因，就是客家人屈居山區，經濟地位非常低劣落後醜陋，爭不到社會地位，被人蔑視看輕，造成客家人間的無力感。

例如戰敗後的西德和日本，它們兩國在經濟上一有成就，就成為世界人之尊重贊揚，重商

●山神信仰是客家人自然崇拜的一項。（劉還月／攝影）

●祭山神過程中繁複的儀式之一。（劉還月／攝影）

●多彩的山神座。（劉還月／攝影）

●祭山神的隆重儀式。（劉還月／攝影）

時代的現今，客家人應向工商方面挑戰求發展，建立經濟上的地位，就有立足發言之地位，不難回復以客家人為榮的信心，因為客家人在經濟上之外的成就已有不凡之成績，最欠缺的乃是錢財！

第三點：找回以客家人為榮的自尊心。例如，德國人之日耳曼民族，日本人之太和民族為榮，有了這種榮譽感，是民族的原動力、向上力、奮鬥力，客家人從前就是以客家人、中原人為榮，才有那壯烈的抗元戰爭、太平天國、辛亥革命等偉大行動！

所以客家人學者，積極整理客家人的歷史史跡、文化，能給與客家人的後代認識，建立以客家人為榮的共識，如果喚不起這種共鳴，就是客家話消失之時。

第四點：說客家話有利益。前文已說時下年輕客家人，重物質生活而輕視精神方面，而不尊重自己祖語，認為說客家話一點利益都沒有，這是很大的錯誤觀念。本來言語這個東西，是人與人間溝通的重要橋樑，人通多種言語是和多種族容易溝通和平相處，非客家人相信也有多人想學習客家話，何況我們客家人本身不學習呢？我們台灣，大家都知道貿易立國，這是不爭的事實。我們在台灣島內行走，到了南部或東部（後山），逢到自己族輩客家人，一定體驗過受到親切的對待，何況到了海外？現在全世界每一個角落都有客家人之存在，他們都在僑居地有成就，我們的子弟為了貿易，將來一定要走到世界每一個地方，到時你就知道客家話的重要了。言語要學習，能講好都不容易，我們竟要將現成的自己族語丟掉，是何等不智的作為，希望我們客家人能有高智慧的選擇。能說客家話，絕對有利益。

第五點：如羅慶武先生所言，客家人本身要積極來救客家話，自己的語言自己不救，自己都丟掉不使用，那客家話之消失只是早晚之事。客家話消失的嚴重危機，極需要到雙語教學來補救之程度，但我們還是發現，客家人要留住客家話，要靠「自力本願」才是最有力的救濟，猶太人能，我們為何不能!?懇請我們客家人，人人來努力，找回客家人的尊嚴吧！

——原載一九九三年五月三十日《中原週刊》

你聽得懂不懂！？

——邁向族羣融合之道

■鍾肇政

小小的海島上，
除了福佬、客語、北京語之外，
還有原住民族九種以上的語言，
每一種語言都要做到普遍化，
是不可能的事情，
如何解決這困難的問題，
極待有識之士集思廣益，
這是當前最迫切的工作了。

幾年前，在義民廟裡舉行的「客家夏令營」上，偶然聽到該地的一位知識分子告訴我，他住的地方早已經有了族羣融合的美妙事實。即該地共處的福佬、客家，熟人碰面時操福佬語的鄉親會用對方的語言（即客語）打招呼，而這邊也以對方的語言（即福佬語）應對寒暄。他們說起對方的語言，是那般道地、純正，並且還顯得那麼自然。不知情的旁人鐵定是會誤認雙方都是在用自己的語言，與不同語族的鄉親交談，各說各的話語。

記得當時我內心裡是頗受到過一番衝擊的。即就後者以言（各人說各自的語言交談），已經夠美夠使人羨了，何況是互以對方的語言搭話。當下我就想起傳聞中某些國家裡的多元語言狀況。例如瑞士，每個人都嫻熟境內存在的三或四種語言，說起來道地而流暢，溝通上了無窒礙，形成多元民族融合、契合無間的美妙狀態。論者也常舉新加坡為例，存在著類似情形，而在這些國家裡，不管哪一種語言都是「官方語言」，無分彼此，毋待官方定什麼法令來規定平等不平等，它們原本就是那麼平等，互相尊重，也互相容忍。前面我用了「美」「美妙」這些字眼，相信是很恰當的。

中國地大人種龐雜，各地方都有其獨特的語言，要做到上述的境界，恐怕一點也沒有可能，說不定瑞士、新加坡（其他應該也還有）等一類「小國寡民」才能達到這種理想境界。我們台灣正好符合這個條件。小小一個海島，兩千萬餘居民，豈不就是一個理想的寡民小國嗎？自然，我們除了福佬、客語、北京語等之外，還有原住民九族的九種以上語言，每一種語言都要做到普遍化，事實上是不可能的事，這就牽涉到當今被喊得震天價響的多元化、命運共同體等命題，必定是有其先天上的困難存在於其中的。如何解決這困難問題，尚待有識之士與熱心人士來集思廣益，擬訂出一個可由各方接受的方法，這一點是當前最迫切的問題了。

■聽不懂其他族羣的母語，對族羣的融合造成阻礙

其所以形成目前這種困境，大家都知道由於

多年以來的母語流失的事實所造成的。儘管「還我母語」運動蓬勃發展有年，然而我們依然無法否認母語之流失不獨未見戢止，反有益趨嚴重的跡象。論者每以為這是四十年來國民政府推行嚴厲的「國語政策」所造成的結果。只要我們想起在學校裏對使用「方言」的嚴格取締乃至嚴厲處罰，以及廣播、電視等節目裡對「方言」的壓抑與排斥，便知近年來對語言方面的強烈抗爭，絕對是可以理解的。語言問題幾乎還成了在野勢力的抗爭符號之一。語言原本應是人與人間的溝通工具之一，毋需把它當做主要抗爭議題。然而演變的結果便成了「大中國沙文」「一言堂」等說法不脛而走，幾乎成了人人唾罵譴責的對象。

只因壓抑得太強烈，因而反彈起來便也越是激烈，於是不知不覺間許多在野勢力之間「國語」成了外來語言，在嚴格摒棄之列，不僅自己矢口不談，連其他語族在不得已的情形下形之於口以求溝通，便也被打成「老K同路人」「老K打手」，蔑視之、排斥之唯恐不及，形成對不同語族的傷害，而在這當口，客家人常常是首當其衝的，語言問題因而也成了客家人心靈中的痛點。

客家人被稱做「隱藏的一羣」由來已久。乃因不少客籍人士到外庄（尤其像台北這樣的大都市）去工作，由於是少數，加上由歷史造成的傷害，以致許多這樣的出外人都怕顯露自己的客家人身分，便利用先天上擅長學習別種語言的天分，口操流利的別種語言（如福佬語、北京語等）融入台北社會中，甚至也以此冒充福佬人。一代兩代人下來，這一類人的子孫輩全成了「背祖」的客家人，能夠至少在家裡保存母語的絕無僅有。其他屬於「方言島」的客家人分佈台灣各地，所在皆有，也都面臨母語消失的命運，這些都是環境所逼，說來無可如何，然而其為客家人心中的痛點則是無由否定的。

近年客家運動興起，遏止母語的流失，固然產生了若干相當積極的作用，但若論全面化、普遍化，則仍然還有一段漫長的艱辛道路，有待有心人大家共同來努力打拼。在這樣的當口，我忍不住要提出一個小小的事實，但卻是關係絕對不小的現實，那就是在母語運動當中，福佬、客家與原住民諸族，應當是在同一陣線上的。長久的歲月當中，我們同是受到戕害的「同病相憐者」，理應以相濡以沫的情懷共同疼惜、互相勉勵才是。然而若干福佬人士總是有意無意間以「台語」代替福佬話，忝不以為怪。連民進黨也在一些條文上明定「台語」一詞係指現存的台灣各種語言包括福客原住民語言了，甚至也有人主張「北京語」（或云「台灣國語」）也包羅在內。該黨曾經有過把語言定於一尊的老K模式作風，造成了不少困擾，甚至也有過若干不諳福佬語的忠實黨員為此望望然去之的慘痛往事。近年，這一點已經改過來，乃有上述條文，是值得稱許的作法，許多不諳福佬語的人都會高舉雙手贊成。然而在一般情形，我們仍然看到類似「福佬沙文主義」的作風盛行，形成客家人心靈中的另一個痛點。

■語言原本應是人與人間的溝通工具之一，毋需把它當做主要抗爭議題

一九九三年春，台灣筆會在草山嶺頭山莊辦了第一屆「台灣文藝營」，計有學員近二百人，加上二十幾個講員，真個是漪歟盛哉，整個營隊活動大體上也可以說是成功的一次活動。但是我還是碰到一件小小遺憾，為之心中隱痛良久：第三夜晚餐後，我在寬闊的庭園散步，無意間碰到四個女性學員背著或提著行李，說要提前離營，向我這個營主任告假。我問明原委，她們表示是另外有事必須提前下山。不料其中一位嗓音忽然高昂起來，說她們三個聽不懂福佬話。我忽然心口受到沈沈一擊，深覺我這個營主任沒有好好盡到照顧學員的責任，才會有這樣的意外發生，為之深感內疚。營上的講座，從頭到尾用福佬語，絕口不講其他語言的雖然只居少數，但是碰到這樣的課時，這幾個學員（其他可能也還有一些）必須枯坐近兩個小時而一句話也聽不進耳。想想那種狀況，是很叫人難堪的。面對那三四個女孩微帶悵然的面孔，我有無言以對的苦楚。

這一類情形，我想在當前我們社會上恐怕還是不可避免，對族羣融合的美麗憧憬、偉大理

想，形成一個阻礙。「聽得懂聽不懂是你自家的事」、「聽不懂算你倒霉」，這樣的心態恐怕有心之士所不取的。即令我充分理解語言上的抗爭、反彈之有理、有必要，然而若果在尋求、建立多元文化、族羣水乳交融的新社會新國家的漫長道途上，還要加上這麼一個阻礙來捆縛我們自己，我相信恐怕不一定是很明智之舉。

以一個客家人身分，通常我多半能感受到來自不同族羣的相當程度的尊重。拿現今語言狀況來說，「少數服從多數」的民主真諦的一半，大體上已做到了，客家人能操一口流利的福佬話的，大約佔百分之三十至百分之四十左右，若把講不太好但可以聽個八九不離十的也加上去，這百分比必加倍甚或更多，這就是明證。然則民主真諦的另一半：「多數尊重少數」呢？這恐怕還有待查證，不能以我本身的感受為準。我也還有一個更擔憂的，那就是原住民的語言問題。

走筆至此，忽覺超過預定的篇幅已不少，還有想寫下來的許多話都未能提及。只能在這兒附加一句：母語流失最慘重的，是原住民各族鄉親。當我們在思考語言問題時，他們所面臨的悲慘境遇，是我們所萬萬不能忽略的。我們能不能用真正的愛與關懷，來替每一種族羣尤其原住民設想呢？美麗的台灣，我們的這塊土地，我們所生於斯長於斯，也許也死於斯、埋骨於斯的這塊命運共同體，真的需要我們大家攜手為她打拚呢！

何從／繪圖

何從／繪圖

國立中央圖書館出版品預行編目資料

台灣客家人新論／台灣客家公共事務協會主編－－
第一版. －－台北市：臺原出版：吳氏總經銷，
民82
面；　公分. －－（協和台灣叢刊：39）
ISBN 957-9261-52-0（平裝）

1.客家—論文，講詞等

536.218　　　　　　　　　　82008894

●協和台灣叢刊39●

台灣客家人新論

編者／台灣客家公共事務協會

責任編輯／詹慧玲
校　對／鄭志忠．李志芬．徐靜子
發行人／林經甫（勃仲）
總編輯／劉還月
執行主編／詹慧玲
編　輯／蔡培慧．徐靜子
出版發行／臺原藝術文化基金會．臺原出版社
地　址／台北市松江路85巷5號（協和醫院地下室）
電　話／（02）5072222
郵政劃撥／1264701～8
出版登記／局版台業字第四三五六號
法律顧問／許森貴律師
地　址／台北市長安西路246號4樓
印　刷／松霖彩色印刷事業有限公司
電　話／（02）2405000
總經銷／吳氏圖書公司
地　址／台北市和平西路一段150號3樓之1
電　話／（02）3034150
定　價／新台幣二二〇元
第一版第一刷／一九九三年（民八二）十二月

ISBN 957-9261-52-0